S. FISCHER

Makoto Shinkai
Naruki Nagakawa

Das Geschenk eines Regentages

Roman

Aus dem Japanischen
von Heike Patzschke

S. FISCHER

Deutsche Erstausgabe
Erschienen bei S. FISCHER
Die Originalausgabe erschien unter dem Titel
彼女と彼女の猫 (›Kanojo to Kanojo no Neko‹)
bei KANZEN CORP., Tokyo.
© entwickelt und erzählt von Makoto Shinkai /
CoMix Wave Films 2013
© erzählt von Naruki Nagakawa 2013
All rights reserved.
German language translation rights arranged with
Kanzen through The English Agency (Japan) Ltd
and New River Literary, Ltd.

Für die deutschsprachige Ausgabe:
© 2021 S. Fischer Verlag GmbH,
Hedderichstr. 114, D-60596 Frankfurt am Main

Satz: Dörlemann Satz, Lemförde
Druck und Bindung: CPI books GmbH, Leck
Printed in Germany
ISBN 978-3-10-397067-8

Das Geschenk
eines
Regentages

1

Es regnete an diesem Vorfrühlingstag.

Feiner, nebelgleicher Regen fiel auf mich herab.
Ich lag neben dem Fußweg.

Die Menschen, die an mir vorbeigingen, warfen nur einen kurzen Blick auf mich, um dann schnell weiterzueilen.

Bald hatte ich nicht einmal mehr die Energie, den Kopf anzuheben, und schaute nur noch mit einem Auge zum bleigrauen Himmel hinauf.

Ringsumher war es sehr still, nur das Rattern der Hochbahnen hallte wie Donnergrollen in der Ferne.

Es war regelmäßig und kraftvoll und zog mich völlig in seinen Bann.

Wenn der zarte Herzschlag in meiner Brust mich in Bewegung versetzen konnte, was für riesige Dinge vermochte dann dieses Rattern zu bewegen?

Das war bestimmt der Herzschlag der Welt. Einer starken, großen und vollkommenen Welt. Aber ich schaffte es einfach nicht, selbst auch voll und ganz dazuzugehören.

Winzige Regentropfen fielen lautlos und gleichmäßig auf mich herab. Eine Wange an den Boden des Pappkartons gepresst, gab ich mich der Illusion hin, langsam nach oben zu schweben.

Immer weiter stieg ich nach oben, bis weit über den Himmel hinaus.

Gleich würde ein Pling! zu hören sein, so als würde etwas abreißen, und dann wäre meine letzte Verbindung zu dieser Welt durchtrennt.

Alles hatte damit begonnen, dass meine Mutter mich auf die Welt gebracht hatte.

Warmherzig und liebevoll hatte sie mir alles gegeben, was mein Herz begehrte.

Jetzt aber war sie nicht mehr da.

Ich konnte mich nicht daran erinnern, warum es so gekommen und warum ich nun in einem Pappkarton dem Regen ausgesetzt war.

Wir können uns nicht alles merken. Nur die

wirklich wichtigen Dinge bleiben in unserem Gedächtnis. Aber es gab ohnehin überhaupt nichts, was ich mir merken wollte.

Der weiche Regen fiel und fiel.

Langsam schwebte mein leeres Ich zum grauen Himmel empor.

Mit geschlossenen Augen wartete ich auf den entscheidenden Augenblick, in dem ich für immer und ewig von der Welt abgeschnitten sein würde.

Es kam mir so vor, als sei das Rattern der Bahnen lauter geworden.

Als ich meine Lider öffnete, sah ich direkt vor mir das Gesicht einer Menschenfrau. Sie hatte einen großen Plastikregenschirm aufgespannt und spähte von oben in den Karton zu mir herunter.

Seit wann sie wohl schon da war?

Sie ging in die Hocke, legte ihr Kinn auf die Knie und blickte mich an. Ihr langes Haar fiel ihr in die Stirn. Da das Rattern der Bahn auf den Schirm prallte, klang es lauter als sonst.

Sowohl ihr Haar als auch mein Körper waren nass und schwer, und alles ringsumher war von dem wunderbaren Duft des Regens erfüllt.

Unter größter Anstrengung hob ich den Kopf und schaute sie mit beiden Augen direkt an.

Ihre Pupillen zitterten. Einen Augenblick lang wandte sie den Blick ab, aber dann, gleichsam als hätte sie einen Entschluss gefasst, fixierte sie mich prüfend. So blickten wir uns beide eine ganze Zeitlang an.

Die Erdachse rotierte ruhig und lautlos. Langsam und still verlor sich die Wärme unserer Körper im Weltenraum.

»Gehen wir? Zusammen?«

Ihre eiskalten Fingerspitzen berührten meinen Körper. Mühelos nahm sie mich auf den Arm. Von oben gesehen wirkte der Pappkarton erstaunlich klein. Sie schob mich zwischen Jacke und Pullover. Ihr Körper war unglaublich warm.

Ich konnte ihren Herzschlag hören. Sie ging los, und wir ließen das Rattern der Bahn hinter uns. Ihr Herzschlag, meiner und jener der ganzen Welt – alle setzten gleichzeitig ein.

An diesem Tag wurde ich von ihr aufgenommen. Deshalb bin ich ihr Kater.

*

In unserer Gesellschaft läuft fast nichts ohne Worte.

Diese Erkenntnis gewann ich, als ich selbst als Berufstätige am gesellschaftlichen Leben teilzunehmen begann. Allein durch den Austausch von vagen und sich sofort wieder verflüchtigenden Worten, wie »Tun Sie dies!« oder »Geben Sie das an den Kollegen XY weiter!«, ging die Arbeit voran. Alle taten so, als wäre dies ganz selbstverständlich, aber mir kam es wie ein Wunder vor.

Ich mochte den Umgang mit Akten und Dokumenten. Sie hatten eine handfeste Form und etwas Beständiges an sich. Da ich die Arbeit mit diesen Dingen, die alle anderen um mich herum als lästig empfanden, immer sofort übernahm, wurde ich an meinem Arbeitsplatz geschätzt.

Mir fiel es leichter, mich mit Schriftstücken zu beschäftigen, als mich auf Menschen einzulassen. Im Reden war ich nicht so gut. Mir gingen immer schnell die Themen aus. Meine Freunde redeten alle viel. Wenn ich mich mit Tamaki, meiner Freundin aus der Zeit am Junior College, unterhielt, sprudelten geistreiche und witzige Worte unablässig aus ihr heraus, so dass ich oft herzlich lachen musste.

In einer Landschaft, bei deren Anblick ich überhaupt nichts empfand, entdeckte Tamaki immer wieder neue Blickwinkel. Es kam mir so vor, als könnte sie Dinge sehen, die meinen Augen verborgen blieben. Tamaki war einfach unglaublich.

Ich mochte Menschen, die viel redeten.

Mein Freund hieß Nobu. Er war ein Jahr jünger als ich und redete sehr viel.

Über seine Arbeit in einer Versicherung, über SF-Filme oder elektronische Musik. Auch über Kriege im alten China. Er erzählte mir so viele verschiedene Dinge.

Dank ihm kannte auch ich mich mittlerweile im Versicherungssystem und mit den Namen von Kriegshelden gut aus.

Tamaki vermochte ihre Umgebung treffend zu beschreiben, während Nobu es verstand, in seinem Innern abgespeichertes Wissen anschaulich mit Worten wiederzugeben. Ich hingegen konnte weder das eine noch das andere.

Im Frühling, besonders an Regentagen, erinnere ich mich immer daran, wie ich zum ersten Mal in meinem Leben eine Wohnung mietete.

Ganz allein ging ich zu verschiedenen Immobilienmaklern. Unsicher unterschrieb ich den

Vertrag. Zum ersten Mal würde ich ohne Familie leben. Der Umzugstag war ein Regentag wie der heutige. Tamaki war gekommen, um mir zu helfen. Sie hatte einen jüngeren Kollegen mitgebracht. Das war Nobu.

Die beiden halfen mir beim Auspacken und Zusammenbauen der Regale. Anschließend aßen wir gemeinsam in einem Restaurant, das sich auf preiswerte Menüs spezialisiert hatte.

Einen Umzug mit Hilfe von Freunden und danach ein gemeinsames Essen erlebte ich an diesem Tag zum ersten Mal. Ich kam mir vor wie in einer Fernsehserie, so irreal fühlte es sich an. Während ich noch vergeblich nach passenden Worten dafür suchte, sagte Tamaki:

»Unsere Aktion heute erinnert mich an meine Zeit als Studentin.«

Nobu lachte.

Auch ich setzte ein Lächeln auf. Ich begriff, dass Menschen in meinem Alter solch eine Erfahrung normalerweise längst gemacht hatten.

Obwohl ich nun allein lebte, änderte sich letztendlich bei mir aber überhaupt nichts.

Einige Zeit nach meinem Umzug kam Nobu allein zu mir nach Hause.

Kurz zuvor hatte ich Tamaki davon erzählt, dass der Wasserhahn, an den meine Waschmaschine angeschlossen war, wackelte und das Schlauchanschlussstück ständig tropfte, und dabei meinem Ärger darüber ordentlich Luft gemacht. Daher hatte sie Nobu zu mir geschickt.

Ich hingegen war davon ausgegangen, dass sie selbst kommen würde, weshalb ich nun überrascht und verwirrt war. Nobu hatte vorher im Baumarkt verschiedene Dinge eingekauft. Es gelang ihm, den tropfenden Anschluss zu reparieren. Ich hatte nicht einmal gewusst, dass man dafür den Hauptwasserhahn zudrehen musste.

Mit einem solchen Mann für immer an meiner Seite wäre ich wohl glücklich, ging es mir durch den Kopf. Ich war überrascht, wie leicht es mir gelang, dieses Gefühl auch ihm gegenüber zum Ausdruck zu bringen. Es war das erste Mal, dass ich es schaffte, mein Inneres so offen zu zeigen.

In jener Nacht blieb Nobu bei mir.

Worte verändern die Welt, stellte ich fest und verspürte auch ein bisschen Angst.

Danach trafen wir uns jede Woche in meiner Wohnung, doch nach einer Weile hatte Nobu plötzlich beruflich sehr viel zu tun, weshalb wir uns immer seltener sahen.

Für mich war er mein Geliebter.

Auch wenn er nicht explizit sagte, was er für mich empfand, wollte ich doch gern glauben, dass wir ein Herz und eine Seele waren.

Die Mangas für Mädchen, die in meiner Grundschulzeit zirkulierten, endeten immer an der Stelle, an der sich das Liebespaar fand. Erst dann konnte das Mädchen glücklich werden. Aber jetzt merkte ich, dass das im wirklichen Leben nicht alles war.

Mit einem Geliebten konnte man sogar noch viel einsamer sein als ohne.

Heute traf ich Nobu seit langem einmal wieder. Drei Monate lang hatten wir uns nicht gesehen. Seite an Seite liefen wir durch den Frühlingsregen. Wie immer war er sehr zuvorkommend und redete viel.

Es tat gut, seinen Worten zu lauschen und sich treiben zu lassen. Aber kaum war ich dann wieder allein, wurde ich erneut von Ängsten überfallen. Es war so, wie wenn man beim Schwimmen im tiefen Meer auf einmal merkt, dass man keinen Grund mehr unter den Füßen hat.

»Wir gehen doch miteinander, oder?«

Diese Worte wollten mir einfach nicht über die Lippen. Hätte ich darauf eine Antwort erhalten, die unser Verhältnis beendete, wäre ich bestimmt ertrunken.

Auch heute umkreiste ich wieder wie ein künstlicher Satellit ein ums andere Mal die Frage, die ich eigentlich hatte stellen wollen, und gab nur hin und wieder ein »Ja« oder ein »Ach so« von mir.

Ich verhielt mich wie eine Grundschülerin, fand ich. Vielleicht passierte mir das ja auch nur, weil ich damals in meiner Schulzeit solch eine Erfahrung nicht gemacht hatte.

Letztendlich würde er die Worte, die ich so gern von ihm gehört hätte, wohl niemals sagen.

In der Nähe seines Büros verabschiedeten wir uns voneinander. ›Bis zum nächsten Treffen wird wohl wieder viel Zeit vergehen‹, schoss es mir durch den Kopf.

Am Bahnhof angekommen, ging ich auf einem anderen Weg als sonst nach Hause. Es war ein ziemlicher Umweg, aber ich verspürte den Wunsch, an diesem Vorfrühlingstag durch den kalten Regen zu laufen.

Da begegnete ich dem Kater.

2

Ihre Wohnung roch nach ihr, was mich enorm beruhigte.

Am ersten Morgen unseres Zusammenlebens kam ich aus dem Staunen nicht heraus, da ich noch nie an einem so warmen Ort aufgewacht war. Sie war bereits aufgestanden und gerade dabei, auf dem Gasherd Wasser zu kochen.

Während ich dem Dampf nachschaute, der aus dem Teekessel aufstieg, begrüßte sie mich mit einem »Guten Morgen!«.

Behände zog sie den Vorhang zurück. Da erblickte ich die von der Morgenröte zart gefärbten Wolken. Sie waren wunderschön.

Diese Wohnung befand sich im ersten Stock eines Mehrfamilienhauses auf einer Anhöhe, von hier aus konnte ich die Hochbahn sehen. In diesem Augenblick begriff ich zum ersten Mal, dass das Rattern, das mich immer so faszinierte, von den Bahnen kam.

Tief beeindruckt wollte ich ihr das mitteilen. Ich maunzte.

»Ja. Glück gehabt, oder, Chobi?«

Sie lächelte.

Chobi?

»So heißt du jetzt: Chobi.«

Von diesem Moment an nannte sie mich so.

Chobi. Mir gefiel dieser Name. Sie hatte ihn mir gegeben. Diesen Morgen wollte ich mir für immer einprägen.

Ich mochte sie von Anfang an.

Sie war sehr hübsch und sanft. Wenn sie merkte, dass ich sie anschaute, wurden ihre Gesichtszüge ganz weich, und sie lächelte mich still an.

Bevor sie aß, bereitete sie etwas für mich zu.

Eine Schale mit Milch, dazu Dosen- und Trockenfutter, damit ich auch etwas Knuspriges zu beißen hatte.

Während ich meine Milch schleckte, hockte sie neben mir und hielt eine große weiße Tasse mit warmer Milch in ihren Händen. Seite an Seite tranken wir beide das Gleiche.

Ihre Bewegungen waren ruhig und anmutig, und immer, wenn ich neben ihr saß, kehrte Frieden in mir ein.

Nachdem ich die Hälfte meines Futters verspeist hatte (mein Instinkt sagte mir, dass ich den Rest für einen Notfall aufheben sollte), rollte ich mich neben sie und streckte ihr meinen Bauch entgegen. Während sie ihn behutsam streichelte, ließ ich wohlig meinen Schwanz über den Boden gleiten.

Ich liebte es, auf ihren Bauch zu klettern, wenn sie lang ausgestreckt auf dem Boden lag. Meist war sie gerade dabei, irgendetwas zu lesen. In solchen Momenten kraulte sie immer schweigend meinen Rücken.

Auch sah ich ihr gern beim Wäschewaschen zu. Die Kleidungsstücke, die sie ausgezogen hatte, dufteten nach ihr. Beim Hineinkuscheln geriet ich jedes Mal in Verzückung.

Ich mochte es auch, wenn sie die Wäsche zum Trocknen aufhängte. Dann lief ich mit ihr auf den Balkon und betrachtete, während sie die Wäschestücke auf die Leine hängte, gemeinsam mit ihr den hohen blauen Himmel, die Menschen auf den Fußwegen und die Autos.

Auf meinem Schlafplatz lag ein Pullover von ihr, auf dem ich schlief. Es war der weiße Pullover, den sie getragen hatte, als wir uns zum ersten Mal begegnet waren.

Wegen eines Traumes, an den ich mich aber danach nicht mehr erinnern konnte, kam es in der Anfangszeit, nachdem ich bei ihr eingezogen war, manchmal vor, dass ich mitten in der Nacht maunzte und wach wurde. Dann kam sie immer zu mir und streichelte mich sanft.

Sie war sehr liebevoll und warmherzig.

Ihre Mahlzeiten bereitete sie selbst zu.

Ich liebte es, wenn sie Miso-Suppe kochte. Denn dann bekam ich immer die gekochten kleinen Sardinen, aus denen sie den Fischfond für die Suppe bereitete. Ich mochte es auch, wenn sie kalten Tofu mit Bonito-Flocken aß, weil sie dann jedes Mal auch ein paar Flocken über mein Dosenfutter streute.

Während sie das Essen zubereitete, sang sie leise Lieder vor sich hin. Ihre Stimme gefiel mir ganz besonders, wenn sie sang.

Chobi – so nannte sie mich immer. Durch diesen Namen war ich mit ihr verbunden, und durch sie mit der Welt.

*

Jeden Morgen stand ich exakt zur selben Zeit auf, bereitete in derselben Reihenfolge das Frühstück vor, sah dieselbe Fernsehsendung und ging zur selben Zeit zur Arbeit.

Seit ich allein wohnte, erfüllte mich dieses geregelte Leben mit Freude. Zu erfahren, dass es etwas gab, das ich zu kontrollieren vermochte, schenkte mir inneren Frieden.

Auch als Chobi kam, änderte sich mein Alltag kaum. In meinem Elternhaus hatten wir einen Hund. Da man selbst an Regen- oder Schneetagen mit ihm nach draußen gehen musste, war es sehr anstrengend. Katzen hingegen machen nicht viel Arbeit.

Auch heute erwachte ich, kurz bevor der Wecker klingelte, und stellte ihn aus. Ich spürte, dass Chobi im Zimmer war. Ich nahm das Fieberthermometer vom Kopfende meines Bettes und maß meine Basaltemperatur. Seit ich mit Nobu zusammen war, trug ich die Werte in eine Tabelle ein. Da ich es mir einmal angewöhnt hatte, fühlte ich mich nicht mehr wohl in meiner Haut, wenn ich es einmal nicht tat, denn dann drohten alle bisherigen Aufzeichnungen ihren Sinn zu verlieren.

Im Licht der Morgensonne, die durch das große Fenster hereinschien, bereitete ich das Frühstück zu. Ich knetete viele kleine Reisbällchen. Was übrig blieb, nahm ich mit zur Arbeit.

Meine Milch trank ich zusammen mit Chobi, zog dann meinen Pyjama aus und mein Büro-Outfit an. Wenn ich Chobi dabei zusah, wie er mit meinem Pyjama herumbalgte, schien für mich die Zeit stehen zu bleiben.

*

Ich liebte es, ihr Profil zu betrachten, wenn sie sich vor dem Spiegel schminkte. Mit geübten Bewegungen breitete sie ihre Utensilien aus und benutzte eines nach dem anderen. Alles tat sie mit großer Sorgfalt. Anschließend räumte sie alles wieder an seinen ursprünglichen Platz zurück, und wenn sie dann als letztes ihr Parfüm auftrug, verbreitete sich sein Duft im ganzen Zimmer.

Er erinnerte mich an eine regennasse Wiese.

Der Wetterbericht verkündete das Wetter des Tages.

Jeden Morgen verließ sie danach die Wohnung.

Wenn sie sich ausgehfertig machte, war ich immer völlig bezaubert von ihr. Sie sah so wunderbar aus.

Nachdem sie ihr langes Haar zusammengebunden hatte, zog sie eine Jacke in derselben Farbe wie ihr Haar an und schlüpfte in ihre High Heels.

Hier im Eingangsbereich der Wohnung ließ ich sie nicht aus den Augen.

Sie hockte sich hin, legte eine Hand auf meinen Kopf und sagte:

»Na dann, bis heute Abend!«

Dann richtete sie sich wieder auf und öffnete die schwere Eisentür.

Das Morgensonnenlicht schien herein, weshalb ich die Augen zusammenkniff.

›Komm bald wieder!‹

Sie ging hinaus in das Licht, und ihre Schritte klangen wie Musik.

Während ich noch immer ihre Hand auf meinem Kopf spürte, hörte ich, wie sich ihre Schritte entfernten und sie die Außentreppe hinunterstieg.

Nachdem ich ihr nachgeblickt hatte, sprang ich auf einen Stuhl und schaute über den Balkon hinweg auf die Hochbahn. Vielleicht saß sie ja in einem der Züge, denen ich nun hinterherschauen konnte, solange ich wollte.

Dann sprang ich wieder vom Stuhl herunter.

In der Wohnung hing noch immer ihr Duft. Darin eingehüllt legte ich mich wieder schlafen.

*

Während ich von der überfüllten Bahn hin und her geschaukelt wurde, dachte ich an Chobi.

Wenn er schlief oder mit irgendetwas beschäftigt war, konnte ich ihn rufen, so oft ich wollte, stets tat er einfach so, als hätte er nichts gehört. Aber wenn er wollte, dass ich mich um ihn kümmerte, rollte er sich auf den Rücken und drehte mir seinen Bauch zu.

Stieg ich dann mit ungerührter Miene über ihn hinweg, sauste er flink zwischen meinen Beinen durch und warf sich erneut vor mir auf den Rücken, um mir wieder seinen Bauch entgegenzustrecken. Das war einfach unwiderstehlich süß.

Unversehens stahl sich ein Lächeln in mein Gesicht. Schnell setzte ich wieder eine ernste Miene auf. Mit dieser Bahn fuhren auch meine Kollegen und Studierende der Fachschule. Mit solch einem dümmlichen Lächeln auf den Lippen gesehen zu werden, wäre mir peinlich gewesen.

Wie schön aber, dass es ein Wesen gab, das zu Hause auf mich wartete!

Mein Blick fiel auf die Werbung einer Heiratsvermittlungsagentur, die über der Tür der Bahn angebracht war.

Vielleicht glichen ja die Freuden der Ehe dem Glücksgefühl, das mir der Kater schenkte.

Unter meinen Ex-Kommilitoninnen gab es einige, die schon verheiratet waren. Sie waren zusammen mit ihren Partnern aus der Studienzeit zeitgleich mit dem Universitätsabschluss in den Hafen der Ehe eingelaufen. Die Fotos auf den Neujahrskarten, die mir bei meinen Eltern ins Haus flatterten, zeigten sie mit ihren Ehemännern und mit Babys auf dem Arm. In meiner Fantasie versuchte ich, ihre Fotos durch Nobus und meines zu ersetzen, was sich aber ganz und gar nicht echt anfühlte, weshalb ich gequält lächelte.

Ich brachte es ja nicht einmal zustande, ihn zu fragen, ob wir nun miteinander gingen. Wie konnte ich ihn da bitten, mich zu heiraten? Ob er mich wohl zur Frau nehmen würde, wenn ich schwanger wäre?

Aber wollte ich überhaupt heiraten?

Ich stellte mir vor, wie es wäre, älter zu sein und in einer Wohnung voller Katzen zu wohnen.

Die Durchsage in der Bahn kündigte an, dass wir uns dem Bahnhof näherten, an dem ich umsteigen musste.

Energisch straffte ich den Rücken und verließ den Zug.

Ich arbeitete im Büro einer Fachschule für Kunst und Design. An meinem Arbeitsplatz angekommen, setzte ich mich an meinen Schreibtisch. Er war voller Schriftstücke und Unterlagen, die ich bei meiner Arbeit brauchte. Vom Schreibtisch meines Kollegen waren Unterlagen bis auf meinen herübergequollen und hatten meinen Stiftebecher umgestoßen. Ich mochte den Kollegen nicht darauf aufmerksam machen, denn er hätte dann denken können, ich sei engherzig. ›Streng genommen sind die Schreibtische einfach viel zu klein‹, redete ich mir ein und schaltete meinen Computer an.

*

Wieder aufgewacht, reckte und streckte ich mich und beschloss spazieren zu gehen.

Ich schlüpfte durch eine Öffnung in der Wand, die eigentlich dafür gedacht war, den Gasherd oder irgendetwas anderes anzuschließen, und gelangte so auf den Balkon. Da meine Freundin wusste, dass ich gern auf Streifzüge ging, hatte sie dort für mich eine Katzenklappe angebracht.

»Wenn du größer wirst, passt du da vielleicht nicht mehr durch. Dann denken wir uns etwas

Neues aus«, hatte sie mir erklärt, aber wir Katzen können durch viel kleinere Öffnungen kriechen, als sie denkt, weshalb ich mir bis auf weiteres keine Sorgen zu machen brauchte.

Das Wetter war an diesem Tag wunderschön, und der Wind strich mir angenehm über das Fell. Durch die Lücken im Balkongeländer beobachtete ich die Bahnen, die Autos auf den Straßen und die Menschen. Nachdem ich mich vergewissert hatte, dass die Welt sich bewegte, kletterte ich über den benachbarten und den dahinterliegenden Balkon und gelangte so auf die Außentreppe. Die Luft war angefüllt mit unzähligen Gerüchen: Da waren der Duft der Erde und der vom Wind herbeigetragene Duft anderer Lebewesen, diverse Düfte aus irgendeiner Küche sowie der Geruch nach Abgasen und einem Müllplatz.

Unten angekommen, hob ich den Kopf und blickte hinauf zu der Wohnung, in der meine Freundin lebte. Es war ein zweistöckiges Mehrfamilienhaus, eingeklemmt zwischen Hochhäusern. Gleichförmige Fenster reihten sich aneinander, und dennoch wirkte ihre Wohnung wie etwas ganz Besonderes.

Ich drehte eine Runde in der näheren Umgebung. Wir Katzen haben alle unser Revier. Meines war die Umgebung des Hauses, in dem meine Freundin wohnte. Ich schnupperte hier und da, vergewisserte mich, dass sich keine anderen Katzen genähert hatten, und markierte mein Revier.

Ehrlich gesagt, gehörte ich nicht zu den Katzen, die unbedingt auf ihrem Revier bestehen, aber gegen meinen Instinkt kam ich einfach nicht an.

Damit war meine Morgenrunde eigentlich beendet. Doch da ich mich inzwischen in dieser Gegend gut auskannte, kam ich auf die Idee, mein Revier etwas zu erweitern.

Dabei dachte ich an die Gegend auf der anderen Seite der Hochbahn und das obere Ende der ansteigenden Straße, denn von dort war bisher kein Katzengeruch herübergeweht.

Für ein Revier galt: je größer, umso besser. Das sagte uns unser Instinkt. Auseinandersetzungen mit anderen Katzen hingegen gingen wir lieber aus dem Weg.

Um nicht von Autos angefahren oder von fremden Menschen belästigt zu werden, wählte ich möglichst hohe und schmale Wege für meine Streifzüge. Zum Beispiel auf Mauern entlang oder unter Sträuchern hindurch.

Schließlich kam ich zu einem allein stehenden Haus mit Garten, in dem es üppig grünte und blühte.

Ich wusste sofort, warum sich hier keine andere Katze niedergelassen hatte. Hier wohnte nämlich ein großer Hund.

Dem Aussehen nach war er offenbar schon älter. Er hatte lange Ohren und ein schwarz-weiß geflecktes Fell.

In der Regel waren wir Katzen den Hunden nicht willkommen. Als ich mich daher wieder entfernen wollte, sprach ausgerechnet der Hund mich an.

»Lange nicht gesehen, Shiro.«

Da seine Stimme überraschend unbekümmert klang, blinzelte ich ihn offen an. Er wirkte nicht so selbstgefällig wie viele andere große Hunde.

»… Guten Tag!«, grüßte ich schüchtern.

»Eine Schönheit wie eh und je, du wirst ja immer hübscher!«

Eine Schönheit …? Offenbar konnten Hunde nicht erkennen, ob Katzen männlich oder weiblich waren.

»Äh … ich bin ein Kater«, erwiderte ich leicht verärgert. Selbstredend hatte ich mich zuvor davon überzeugt, dass der Hund angeleint war.

»Ach so, ach so.«

Ohne gekränkt zu wirken, redete er einfach weiter.

»Dann bist du also ein gutaussehender Kater.«

Das kam unerwartet.

»Danke«, antwortete ich brav. Irgendwie war er ein seltsamer Hund. Meine Neugier hatte er jedoch geweckt.

»Ich heiße nicht Shiro, sondern Chobi.«

Der Hund riss die Augen auf.

»Ach so! Chobi … du bist also gar nicht Shiro. Dann habe ich dich verwechselt. Die Gegend hier war nämlich Shiros Revier.«

Als ich das hörte, war ich enttäuscht. Dass mir schon jemand zuvorgekommen war, fand ich gar nicht witzig.

»Aber es ist doch gar keine Katze hier! Und ich rieche auch keine.«

»Das stimmt. Ich passe ja auch darauf auf, dass sich keine Katze nähert.«

Da hatte der Hund etwas Seltsames gesagt.

»Das habe ich ja noch nie gehört: dass ein Hund auf das Revier einer Katze aufpasst!«

»Ich habe es ihr, Shiro, versprochen.«

»Und wohin ist diese Shiro verschwunden?«

»In letzter Zeit lässt sie sich überhaupt nicht

mehr blicken. Als ich sie zum letzten Mal sah, war sie trächtig.«

Oh! Jetzt konnte selbst ich mir denken, wer sie war.

Eine Katze, die mir zum Verwechseln ähnlichsah und ein schneeweißes Fell hatte …

»Das war bestimmt meine Mutter«, presste ich hervor.

Dass ich auf einmal ganz allein auf der Welt gewesen war und dass es auf der Anhöhe überhaupt nicht nach Katze roch, hatte ein und denselben Grund: Shiro lebte nicht mehr.

Der Hund holte tief Luft und sagte:

»John.«

»John?«

»Das ist mein Name. Ich sage dir jetzt etwas ganz Wichtiges. Ich denke, Du solltest das wissen.«

Sein Tonfall wurde förmlich.

»Verstehe. John.«

»Sag mal, Chobi, hat Shiro dich sehr verwöhnt?«

»Daran kann ich mich nicht erinnern. Es wäre schön, wenn es so wäre.«

»So …«

Eine ganze Zeitlang sagte John überhaupt nichts.

»Shiro und ich waren so etwas wie ein Liebespaar«, wechselte er dann rasch das Thema.

»Ein Liebespaar?«, fragte ich zurück.

»Alle Frauen, die ich schön finde, sind meine
Geliebten.«

»Aha.«

»Shiro hatte genauso wie du ein wunderschö-
nes weißes Fell«, erklärte John mit verzückter
Stimme.

»Danke.«

Mein Fell war so schön, weil meine Freundin
es pflegte.

»Shiro hat sich schon vor eurer Geburt Sorgen
um dich und deine Geschwister gemacht.«

Als ich das hörte, wurde mir für einen Moment
ganz warm ums Herz.

»Ab jetzt solltest du, Chobi, auf ihr Revier auf-
passen.«

»Darf ich das denn?«

»Bestimmt würde Shiro sich freuen. So könntest du das Andenken an deine Mutter in Ehren
halten.«

»Danke, John.«

»Ich tue das für meine schöne Geliebte.«

John gähnte herzhaft.

»Du kannst gern jederzeit vorbeikommen.«

Damit war das Gespräch offenbar beendet. John legte seinen Kopf auf die Vorderpfoten und schlief ein.

Während ich mit kurzen Schritten die abfallende Straße hinunterlief, dachte ich darüber nach, wie merkwürdig das alles war.

Als ich damals kurz davorgestanden hatte, diese Welt zu verlassen, wurde ich von meiner Freundin gerettet und konnte überleben. Und jetzt ging ich einfach immer der Nase nach spazieren und traf zufällig John ... hörte von meiner Mutter und durfte sogar ihr Revier übernehmen.

Damals wäre meine Bindung zu dieser Welt fast durchtrennt worden, doch jetzt spürte ich, wie ich mich nach und nach wieder mit der Welt verband.

Ich war in sie zurückgekehrt.

*

Mittagspause. Nachdem ich an meinem Schreibtisch meinen mitgebrachten Mittagsimbiss verzehrt hatte, ging ich in ein kleines Café in der Nähe. Es war etwas teurer, weshalb keine Studierenden hierherkamen. Daher konnte ich hier gut entspannen.

Nachdem ich mir einen Kaffee bestellt hatte, fiel mir ein, dass ich Nobu noch gar nicht von Chobi erzählt hatte.

Normalerweise rief ich Nobu so gut wie nie an. Er wirkte immer sehr beschäftigt, aber das war nicht der einzige Grund. Ich hatte Angst. Davor, dass das Gespräch abbrechen würde, ich unnötige Dinge sagen könnte und er mich dafür dann hassen würde.

Aber von Chobi könnte ich ihm vielleicht ganz viel erzählen.

Ob Nobu Katzen mochte? Oder aber sie nicht ausstehen konnte?

Nicht einmal das wusste ich. Obwohl ich ihm so oft zugehört hatte! Aber von Katzen hatte er nie gesprochen.

Aus der Liste der eingegangenen Nachrichten auf meinem Handy wählte ich Nobus Nummer. Am Datum neben der Nummer sah ich, dass sein letzter Anruf schon sehr weit zurücklag. Dabei hatten wir früher sogar mehrmals am Tag miteinander telefoniert. Nachdem eine Zeitlang das Rufzeichen ertönt war, schaltete sich der Anrufbeantworter ein:

»Zurzeit kann ich leider das Gespräch nicht annehmen. Wenn Sie ein Anliegen haben …«

Plötzlich verlor ich allen Mut. Ohne eine Nachricht zu hinterlassen, beendete ich die Verbindung.

Ich seufzte und ließ mich tief in das Sofa des Cafés sinken.

Das Handy vibrierte. Eilig sah ich auf das Display. Es war eine Nachricht von Tamaki.

Unter Verwendung zahlreicher Emojis teilte sie mir überschwänglich mit, dass sie mich in der Goldenen Woche, einer Reihe von Feiertagen Ende April bis Anfang Mai, besuchen würde.

Sich einfach selbst einzuladen, war typisch für Tamaki. »Ich erwarte dich«, antwortete ich ihr. Da das ein bisschen kurz angebunden klang, schickte ich noch ein Bild von Chobi hinterher.

Der Kellner brachte den Kaffee. Nachdem ich einen Schluck getrunken hatte, fasste ich mir ein Herz und beschloss, Nobu eine E-Mail zu schicken. Von ihm kamen so gut wie nie E-Mails. Wenn er etwas zu sagen hatte, dann erzählte er es am liebsten direkt.

Nach einigem Nachdenken schrieb ich schließlich die banalen Sätze:

»Ich habe einen Kater aufgelesen. Er heißt Chobi.«

Im Anhang sandte ich ein Foto von Chobi. Ich

überlegte, ob ich auch eins von mir mitschicken sollte, ließ es dann aber sein.

Auf den Bildern, die ich von Chobi hatte, wandte er mir immer seinen Bauch zu.

*

Sie kam immer zur selben Zeit nach Hause.

Sobald ich das Klackern ihrer Absätze auf dem Beton der Außentreppe hörte, sauste ich zum Eingang, um dort auf sie zu warten. Schließlich öffnete sie die schwere Tür und kam herein.

»Schön, dass du wieder da bist!«, schnurrte ich.

»Da bin ich wieder!«

Während sie ihre Schuhe auszog, kraulte sie mich am Kopf. Manchmal kam es auch vor, dass sie mich direkt auf den Arm nahm. Da sie von draußen kam, war sie von vielen verschiedenen Düften umhüllt.

Von dem Duft anderer Menschen, dem der Erde an Orten, an denen ich noch nie gewesen war, und dem einer Luft, die ich noch nicht kannte. Behaglich schnupperte ich all diese Düfte, die sie mitgebracht hatte, während ich meinen Hinterkopf an ihren Knöcheln rieb. So fügte ich noch etwas von meinem eigenen Duft hinzu, der schon etwas nachgelassen hatte.

Heute gab es viel zu erzählen.

Dass ich John getroffen hatte, dass ich das Revier meiner Mutter übernommen hatte und dass ich die neuen Düfte an ihr wahrnahm.

Während sie mir zuhörte, öffnete sie eine Dose für mein Abendessen und ging in die Küche. Ich ließ es mir schmecken und erzählte dabei maunzend von meiner Mutter, als ihr Handy klingelte.

*

›Vielleicht ist es ja Nobu?‹

Nachdem ich das Gas ausgeschaltet und die Kochstäbchen zur Seite gelegt hatte, nahm ich das Handy zur Hand. Auf dem Display erschien jedoch leider nur der Name meiner Mutter.

»Hallo?«

Chobi wetzte gerade ritsch ratsch! lautstark auf dem Kratzbrett aus Wellpappe seine Krallen. Ob das Telefon ihn erschreckt hatte? Er wirkte leicht verstört.

»Nanu, Miyu, dir ist wohl eine Laus über die Leber gelaufen!«

Wahrscheinlich spürte meine Mutter meine

Enttäuschung darüber, dass es nicht Nobu war, der anrief.

»Eigentlich nicht …«

»Ah, ich weiß, du hast gedacht, dein Freund ruft an, und weil ich es bin, bist du jetzt enttäuscht!«

Dieser Direktangriff, der voll ins Schwarze traf, verschlug mir die Sprache.

Als ich schwieg, da ich nicht wusste, was ich darauf entgegnen sollte, fragte sie:

»Sag mal, du hast wohl jetzt einen Freund? Stell ihn mir doch mal vor! Ja? Sieht er gut aus?«

»Ich habe doch nicht gesagt, dass ich einen …«

»Schon gut. Was machst du denn in der Goldenen Woche?«

»Tut mir leid, aber ich bekomme Besuch.«

»Ach, da kommt wohl dein Freund?«

»Nein, eine Freundin! Tamaki, vom Junior College.«

»Aha, die kleine Tama also. Haha! Mir ist das ja egal, aber dein Vater vermisst dich. Komm ruhig mal vorbei, hörst du?«

»Hm.«

»Hast du auch genug Reis?«

»Ja.«

»Erzähl keine Märchen! Ich habe dir welchen geschickt.«

Mir wäre es lieber gewesen, wenn sie mich vorher gefragt hätte.

»Brauchst du irgendetwas?«

»Nein, nichts Besonderes.«

»Na dann, mach's gut!«

Mit diesen Worten beendete meine Mutter das Gespräch. So war sie immer. Nie hörte sie zu. Es war schon merkwürdig, wie solch eine Mutter ein Kind wie mich zur Welt bringen konnte. Aber dennoch hatte sie mich ein wenig auf andere Gedanken gebracht. Ich hatte das Gefühl, dass etwas von ihrer Lebhaftigkeit auf mich abgefärbt hatte.

Dadurch ermutigt, schickte ich Nobu eine kurze E-Mail.

»Was hast du in der Goldenen Woche vor?«

Während ich noch dabei war, Nudeln zu kochen, kam seine Antwort.

»Tut mir leid. Arbeit.«

Nur vier Wörter! Und keinerlei Reaktion auf das Bild von Chobi …

Ich seufzte.

Da ich den Gasherd mehrfach an- und ausgestellt hatte, waren die Nudeln zu weich geworden. Ich streute ein halbes Tütchen Bonito-Flocken darüber und gab den Rest über das Dosenfutter in Chobis Futternapf.

Angelockt von dem Duft kam Chobi herbei, hocherfreut über die extragroße Portion heute.

Als ich die Fotos im Handy sortierte, stieß ich auch auf eines, auf dem ich mit Nobu zusammen zu sehen war, im berühmtesten Erlebnispark Japans, wo wir uns zusammen mit dem Maskottchen des Parks hatten fotografieren lassen.

Beim Betrachten des Fotos wurde ich traurig.

Chobi kletterte auf meine Knie. Zwischen dem Tisch und mir tauchte sein Kopf auf.

»Das hier bin ich.«

Auf dem Foto sah ich so aus, als hätte ich das Gefühl, am falschen Ort zu sein.

»Und das hier ist mein Geliebter.«

Entschlossen sprach ich es Chobi gegenüber einmal laut und mit Bestimmtheit aus. Verwundert schaute Chobi lange auf das Foto.

*

In der Nacht wurde ich wach. Es war Zeit für einen Rundgang. Sie war noch auf und tippte im Licht einer kleinen Lampe etwas in ihr Handy. Es war ungewöhnlich, dass sie bis spät in die Nacht aufblieb. Da sie bereits ihren Pyjama anhatte, schien sie aber schon gebadet zu haben.

Bei meiner Runde durch die Wohnung, stets darauf bedacht, sie nicht zu stören, vergewisserte ich mich, dass alles wie immer war, trank ein wenig aus meinem Wassernapf und verspeiste die Reste meines Abendessens. Dann kletterte ich auf ihren Schoß.

»Ich lass es doch sein«, murmelte sie und löschte auf ihrem Handy die Schriftzeichen, die sie zuvor eingegeben hatte.

Als sie wieder aufblickte, hatte sie denselben Gesichtsausdruck wie auf dem Foto, das sie mir heute beim Abendessen gezeigt hatte: ein irgendwie erstarrtes Lächeln.

Ach, könnte ich doch auch Schriftzeichen lesen! Mit diesem Gedanken ging ich wieder in mein Katzenbett, in dem ihr Pullover ausgebreitet lag, und schlief wieder ein.

3

In der Goldenen Woche kam Tamaki zu Besuch.

Wir hatten überlegt zu verreisen, aber da ja jetzt der Kater bei mir wohnte, hatten wir beschlossen, dass sie bei mir übernachten würde.

Ich kochte und wir stießen mit Dosenbier an. Während wir uns eine DVD anschauten, die Tamaki mitgebracht hatte, redeten wir über Gott und die Welt.

Chobi hatte sich schnell an Tamaki gewöhnt und ließ sich von ihr den Bauch kraulen.

»Er neigt zum Fremdgehen, oder …?«, bemerkte Tamaki und lachte.

»Gute Freunde sind doch das Wichtigste im Leben, findest du nicht auch …«

Kaum hatte ich das gesagt, begann sie auf einmal, Trübsal zu blasen.

»Männer …«

Der Mann ihrer Träume schien unsensibel zu sein und ihre Gefühle nicht wahrzunehmen.

Da fiel mir ein, dass ich Tamaki noch gar nicht von Nobu und mir erzählt hatte. Ich hatte ihr eigentlich davon berichten wollen, sobald wir offiziell miteinander gingen, aber mir fehlte immer noch die Gewissheit, und alles zog sich nun schon so lange hin … Letztendlich brachte ich es nicht über mich, es ihr zu sagen.

Tamaki blieb nur für eine Nacht, aber ich lachte so viel wie sonst in einem Monat. Meine Niedergeschlagenheit war wie weggeblasen und ich war wieder in der Lage, weiterzumachen und nicht aufzugeben.

In unserer Schule gab es eine Studentin, die so gut malen konnte, dass es einem den Atem raubte.

Die erfahrenen Dozenten sagten, dass jedes Jahr im Schnitt ein oder zwei Studierende mit unübersehbarem Talent an unsere Schule kämen. Die Studentin, die ich meinte, hieß Reina. Ihre Stärke bestand darin, die Natur in Farben zu malen, die in ihr nicht vorkamen. Ich freute mich immer auf ihre Bilder, die sie bei mir abgeben musste.

Obgleich sie ihre Hausaufgaben immer gewissenhaft erledigte, hatte sie keinen guten Ruf bei den Lehrkräften und ihren Mitstudierenden. Das lag daran, dass ihre Einstellung zum Unterricht zu wünschen übrigließ.

»Sag mal, Miyu, hast du einen Freund?«

Reina sprach so vertraulich mit mir, als sei ich ihre Freundin. Meine Kollegen meinten, das wäre ein Zeichen dafür, dass sie Zutrauen zu mir gefasst habe.

»No comment.«

Ich war an solche Fragen gewöhnt, weshalb sie mich nicht aus der Fassung brachten.

»Könnte es vielleicht sein, dass Masato dich mag …? Die Frau auf dem Bild seiner letzten Hausaufgabe sah dir zum Verwechseln ähnlich.«

Masato war ein Kommilitone aus Reinas Klasse. ›In dieser Hinsicht ist sie noch ein Kind‹, dachte ich.

»Es reicht! Gib mir schnell deine Hausaufgaben!«

»Hier sind sie.«

Die Zeichnungen, die sie bei mir abgab, waren wie immer atemberaubend gut.

Nachdem Reina ins Klassenzimmer zurückgekehrt war, schaute ich mir, plötzlich leicht beunruhigt, Masatos Bild an. Die junge Frau darauf schien aber eher Reina als mir ähnlich zu sehen.

Frau Kamata, eine der erfahreneren Dozentinnen kam und nahm Reinas Bild in die Hand.

»Es ist viel schwieriger, ein Talent nicht zu ersticken, als es zu entwickeln. Dazu gibt es doch ein Gedicht von Kenji Miyazawa, kennen Sie das auch? *Alle Begabungen, Fähigkeiten und Talente – sie bleiben nicht bei den Menschen ...*«

In die Ferne blickend fuhr sie fort:

»*Nicht einmal die Menschen bleiben bei den Menschen.* Das ist wohl wahr.«

In meinen Ohren klangen diese Worte furchtbar bedrückend.

*

Der Sommer kam, und ich freundete mich mit dem Kätzchen Mimi an.

Ich hatte es auf einem Streifzug entdeckt, als ich gerade in meinem Revier unterwegs war. Da noch kleinere Kätzchen als ich sehr selten waren, erschien es mir jedoch zu grausam, es wegzujagen, und ich beschloss, es in Ruhe zu lassen. In kurzer Zeit würde es schon von allein wieder irgendwohin verschwinden.

Ab dem darauffolgenden Tag begann Mimi, mir auf meinen Spaziergängen zu folgen. Während ich mich, die starke Sommersonne meidend, von Schatten zu Schatten vorwärtsbewegte, war Mimi, ehe ich mich versah, stets an meiner Seite.

Da ich jedoch an keiner Beziehung interessiert war, verlor ich kein Wort.

Als wir uns dem Haus näherten, wo John lebte, hoben alle Zikaden auf den Bäumen auf einmal an zu singen, weshalb ich etwas zurückwich.

»Sag mal, weißt du, was das für Stimmen sind?«, fragte Mimi.

»Das sind doch nur Insekten«, antwortete ich, woraufhin Mimi freudestrahlend triumphierte.

»Falsch!«

»Ja, was denn sonst?«

»Das, was du da hörst … das sind Stimmen, die den Regen rufen«, raunte Mimi mir geheimnistuerisch zu.

»So ein Quatsch!«

»Tja, du kannst es ja überprüfen.«

Ich setzte mich neben Mimi und wartete auf den Regen …

Bald darauf fing es tatsächlich an zu regnen.

»Ich habe gewonnen. Jetzt musst du auf mich hören.«

»Also ich kann mich nicht daran erinnern, dass wir gewettet hätten …«

»Schon gut. Da ich gewonnen habe, wünsche ich mir, dass du morgen wieder mit mir spielst.«

Sie kam näher und rieb ihren Körper an meinem. Mit einem Satz sprang ich weg, um Abstand zu Mimi zu gewinnen.

»I-ich habe ja schon verstanden.«

»Ganz bestimmt!«

Auch am folgenden Tag ging ich mit Mimi spazieren, die Zikaden sangen, und es regnete.

Das war also nichts Besonderes. Ein Regenschauer an einem Sommerabend war gar nicht so ungewöhnlich. Auch am nächsten Tag wartete Mimi schon auf mich, um mit mir zusammen spazieren zu gehen.

Sie verstand es, mich zu umschmeicheln.

Eines Tages nahm Mimi mich mit zu einem alten Mehrfamilien-Holzhaus.

Als wir an den Revieren anderer Katzen vorbeikamen, war ich sehr aufgeregt, Mimi hingegen schien es nichts auszumachen.

Die schlechtschließende Holzschiebetür des Hauses stand offen, und eine junge Frau schaute heraus. Ihr Gesicht war ungeschminkt und ihr Haar kurz. Auf den ersten Blick schien sie kein umgänglicher Typ zu sein.

»Hey, bist du wieder da?«

Die Frau näherte sich. Überstürzt kroch ich unter das nächstbeste parkende Auto, während Mimi ganz gelassen blieb.

»Ich stell sie dir vor. Das ist Reina.«

Sie sagte: »Wart einen Moment!« und holte dann etwas aus dem Innern des Hauses. Es war Dosenfutter, roch aber ganz anders als das, was ich sonst bekam.

»Hier, das ist für euch. Lasst es euch schmecken! Vertragt euch dabei!«

Mimi teilte mit mir. Ich fraß ganz vorsichtig, denn noch nie zuvor hatte ich von einem fremden Menschen Futter bekommen. Der Doseninhalt war sehr fettig und schmeckte nach Hühnchen und nach Fisch, jedenfalls hatte ich so etwas noch nie gefressen.

Auf dem Heimweg kamen wir an einem hohen Stahlmast vorbei und entdeckten, dass Vögel darauf ein Nest gebaut hatten.

»Los, fang den!«, forderte Mimi mich auf, einen der Vögel fixierend.

»Wozu denn?«

Ich war noch satt von vorhin.

»Weil ich ihn haben will!«

Mimi wedelte weit ausholend mit ihrem Schwanz. Sie strotzte nur so vor Tatendrang.

»Das ist viel zu hoch, da komm ich nicht dran.«

»Du Langweiler!«

Mimi war noch ein Kind. Ich beschloss, ihre Provokationen zu ignorieren.

»Ach, mach doch, was du willst!« Mit diesen Worten verschwand Mimi. Ich stand eben doch mehr auf erwachsene Menschenfrauen.

An einem anderen Tag beim Spazierengehen, wir suchten gerade ein wenig Erfrischung an einem schattigen Plätzchen auf kühlem Beton, hängte Mimi sich liebevoll verspielt an mich. Das machte sie sehr gern, ganz egal, wo wir uns befanden.

»Hör mal, Chobi ...«

»Was ist denn, Mimi?«

Mimi kletterte auf mich drauf, so dass ich den Halt verlor und auf einmal auf der Erde lag.

»Lass uns heiraten!«

»Ach Mimi, ich habe dir das doch schon so oft gesagt: Ich habe eine erwachsene Geliebte«, erklärte ich ihr und dachte an meine Freundin.

»Das stimmt doch gar nicht!«

»Doch!«, erwiderte ich, unter Mimi liegend.

»Dann stell sie mir vor!«

»Das geht nicht!« Schließlich war ich ihr Kater.

»Warum?«

»Hör mal zu, Mimi! Ich habe es dir doch schon so oft gesagt, aber … Solche Dinge sollte ich dir erst erzählen, wenn du erwachsen bist, finde ich.«

Mimi war wirklich noch ein kleines Kätzchen.

»Du bist gemein!«

Ungehalten wedelte sie mit dem Schwanz.

»Du hast doch bestimmt auch einen Menschen, bei dem du wohnst. Das spüre ich.«

»Ich wohne nicht bei Reina. Sie gibt mir nur Futter.«

»Ja, was für ein Verhältnis habt ihr denn dann?«

»Weiß ich nicht.«

So plätscherte unser Gespräch dahin.

Am Horizont des strahlend blauen Himmels zogen riesige weiße Kumuluswolken auf.

Unüberhörbar erscholl auch heute der prachtvolle Gesang der Zikaden.

Mimi wischte sich mit ihrer feuchten Vorderpfote über das Gesicht. Wir hatten mittlerweile gelernt zu spüren, wann es regnen würde.

»Ich muss nach Hause, bevor es regnet.«

»Komm mal wieder vorbei!«, bat Mimi und wirkte dabei schrecklich einsam.

»Klar komm ich wieder!«

»Ganz bestimmt, hörst du? Wirklich! Komm wirklich, wirklich und wahrhaftig!«

Da wir diesen Wortwechsel unendlich viele Male wiederholten, hatte es bereits angefangen zu regnen, als ich mich schließlich auf den Heimweg machte.

Mit ergebenem Gesichtsausdruck hatte Mimi mir nachgeschaut, war dann aber schließlich mit einem Satz irgendwohin verschwunden.

Wahrscheinlich lief sie zu jenem Holzhaus.

Nach und nach überzogen tiefhängende dunkle Wolken den vorhin noch so weiten Himmel.

Während der Regen mich heimwärts trieb, dachte ich flüchtig, wie schön es doch wäre, wenn meine Freundin auch so anschmiegsam wie Mimi wäre.

*

In den Sommerferien dieses Jahres verlor ich meine beste Freundin.

Es hatte Vorzeichen gegeben ... glaube ich zumindest. Da ich meine Ängste verdrängt und Worte, die ich hätte sagen sollen, nie ausgesprochen hatte, war es schließlich so weit gekommen. Es geschah mir ganz recht!

Ich hatte einfach nicht den Mut gehabt, mich zu vergewissern.

An jenem Tag in den Sommerferien verhielt sich auch Chobi schon seit dem Morgen etwas seltsam. Vielleicht hatte ich ihn mit meiner Stimmung angesteckt. Ohne erkennbaren Grund rannte er im Zimmer ständig im Kreis herum.

Tamaki kam mich besuchen. Wir hatten uns schon vor den Ferien verabredet. Wie immer redeten wir über allerlei belanglose Dinge, doch als uns die Themen ausgingen, hielt Tamaki mir plötzlich vor:

»Und dabei war ich so verliebt in ihn!«

Mir raubte es den Atem.

Ich hätte mich gleich am Anfang vergewissern müssen.

»Das hast du doch bestimmt gemerkt. Es kann doch nicht sein, dass du das nicht gewusst hast.«

Tamaki hatte mir nie erzählt, dass sie in Nobu verliebt war.

Am liebsten hätte ich sie mit den Worten »Woher sollte ich es denn wissen, wenn du es mir nicht sagst!« angegriffen. Im selben Augenblick gab ich mir aber schon selbst die Schuld, denn ich hätte es doch auch ohne Worte spüren müssen!

Wieder einmal war es passiert. Immer trieb ich nur an der Oberfläche des Meeres der Worte dahin, ohne das zu verstehen, was ein normaler Mensch verstand, und ohne den hinter den Worten verborgenen Sinn zu erfassen.

Wenn ich gewusst hätte, dass Tamaki Nobu mag, dann wäre das alles nicht geschehen.

Dieses Gefühl hätte ich ihr gern vermittelt, aber mir fielen die passenden Worte nicht ein, weshalb ich lediglich sagte:

»Es läuft nicht mehr gut mit Nobu.«

Tamaki starrte mich böse an. Solch einen Gesichtsausdruck sah ich bei ihr zum ersten Mal.

Als ich schwieg, hörte Chobi auf, mir seinen Bauch zuzuwenden und schaute ängstlich zu mir hoch. Seine kalten Ballen berührten mich am Arm.

Tamaki nahm die Sachen, die sie mir geliehen hatte, und verließ die Wohnung. Unter all den Dingen befand sich eine große Küchenmaschine, die ich aber noch kein einziges Mal benutzt hatte. Tamaki hatte mir erzählt, dass sie diese bei einer Verlosung auf einer After-Wedding-Party gewonnen habe, und sie mir dann einfach mitgebracht.

Als ich sah, wie sie, die große Schachtel unter

dem Arm, meine Wohnung verließ, schoss mir durch den Kopf, dass ich nun meine beste Freundin verloren hatte.

Tag für Tag versuchte ich, Nobu anzurufen. Nach drei Tagen erreichte ich ihn endlich.

»Sind wir miteinander gegangen?«

Endlich hatte ich es geschafft, diese Worte auszusprechen. Meine Stimme war heiser, wahrscheinlich vor lauter Aufregung, aber immerhin war es mir gelungen, ihn das, was ich schon die ganze Zeit hatte wissen wollen, zu fragen. So viel Zeit hatte ich gebraucht, um nur diese eine Frage zu stellen.

»Etwa nicht?«, fragte Nobu zurück. Zum ersten Mal dachte ich: ›Wie glattzüngig er doch ist!‹

»Ich kann nicht mehr mit dir befreundet sein«, eröffnete ich ihm.

»Hast du etwa einen anderen Freund?«, fragte er im selben Ton wie immer.

»Nein, das ist es nicht …«

»Ja, dann …«, begann Nobu, wie stets mit ruhiger, sanfter Stimme, zu sprechen. Nun, da die Dinge so standen, klangen seine Worte auf einmal alle so oberflächlich und wenig vertrauenerweckend in meinen Ohren. Selbst das Meer seiner

Worte, das mich immer durch seine Fülle beeindruckt hatte, war nun nichts Besonderes mehr.

»Das will ich nicht hören!«

Die Worte kamen mir über die Lippen, noch bevor ich darüber nachgedacht hatte, und ich begriff, wie es gewesen war. Und nach und nach sprudelten immer mehr Worte hervor, als wollten sie die bisherige Leere füllen.

Wahrscheinlich hatte ich in Wirklichkeit Tamakis Gefühle zwar bemerkt, hatte das aber nicht wahrhaben wollen und sie einfach verdrängt.

Daher war ich auch nicht in der Lage gewesen, mich bei Nobu zu vergewissern, ob wir ein Liebespaar waren. Denn wenn das klar gewesen wäre, hätte das bedeutet, dass ich Tamaki verraten hatte.

Es war bitter. Aber Nobu hatte sich doch in unserer Beziehung gut gefühlt, oder?

»Ich wusste gar nicht, dass du so viel reden kannst.«

Das waren seine letzten Worte.

So verlor ich meine beste Freundin und meinen Geliebten.

*

Es war schon Mitternacht. Der nächtliche Regen prasselte auf den Beton des Balkons.

Nach einem langen, sehr langen Telefongespräch weinte sie.

Ich verstand nicht, warum. In solch einem Zustand sah ich sie zum ersten Mal.

Ihr Gesicht zwischen den Knien verborgen, weinte sie sehr lange.

›Es ist bestimmt nicht ihre Schuld‹, dachte ich.

Schließlich war ich der Einzige, der sie so gut wie immer sah.

Auch war sie doch stets freundlicher als jeder andere, schöner als jeder andere, und sie lebte viel intensiver als jeder andere.

»Ach, Chobi …«, murmelte sie, ohne sich die Tränen abzuwischen.

Sie hockte neben dem umgekippten Stuhl, und aus ihrem Handy, das sie fest umklammert hielt, drang, nachdem die Verbindung beendet war, eintöniges Tuten.

»Chobi, du bleibst doch da, oder?«

Als ihre Hand mich sacht berührte, spürte ich ihre Traurigkeit und ein heftiger Schmerz durchfuhr meinen Körper.

Durch einen Spalt zwischen den Gardinen drang das kalte Licht der Straßenlaternen zu uns herein.

Ich hörte ihre Stimme sagen:

»Kann mir nicht jemand, irgendjemand …«

Da begriff ich, dass ihre Bindung zu Menschen, die ihr sehr wichtig waren, gerissen war.

»… irgendjemand … helfen …«

Sie weinte und weinte und schien nie wieder aufhören zu wollen.

In der unendlichen Dunkelheit drehte sich die Welt mit uns beiden immer weiter.

*

Bald darauf ging der Sommer zu Ende.

Die Higurashi-Zikaden mit ihrem witzigen Gesang »Kana kana kana!« tauchten auf. Mimi und ich versuchten, sie nachzuahmen, aber es wollte uns nicht so recht gelingen.

Bei uns klang es eher so wie »Nya nya nya!« oder wie »Hya hya hya!«

Meine Freundin war seit jenem Tag sehr still und in sich gekehrt. Ihr langes Haar hatte sie einfach abgeschnitten.

Mit ihren kurzen und hell gefärbten Haaren sah sie sehr hübsch aus.

Ach, wenn sich doch auch ihre Miene aufhellen würde!

Mittags, wenn sie nicht zu Hause war, besuchte ich den Hund John.

In letzter Zeit hatte ich mich sehr mit ihm angefreundet, und er erzählte mir alle möglichen Geschichten.

Er wusste viele Dinge, von denen ich keine Ahnung hatte, und alles, was ich von ihm erfuhr, war sehr sinnvoll oder nützlich.

Anfangs dachte ich, er höre mir nicht zu, wenn ich selbst redete, doch dann begriff ich, dass er schwerhörig war, und seitdem verstanden wir uns immer besser.

»Hi John, da bin ich wieder!«

»Hi Chobi, wie gut du heute wieder aussiehst!«

Wie immer lag John auf dem Bauch in seiner Hundehütte, den Kopf auf seine übereinandergelegten Vorderpfoten gebettet. Da er stets in derselben Position dalag, hatte er irgendwie etwas von einem Plüschhund.

»Hör mal, es geht um meine Freundin. Ich möchte gern die Leere in ihrem Herzen füllen.«

»Chobi, wie ich dir schon einmal gesagt habe, ist das so gut wie unmöglich«, erklärte John mit bedauernder Miene.

»Schließlich erinnert ihr euch doch beide nicht, oder?«

»Erinnern ... woran?«

»An die Schöpfung des Lebens. Da ich Erinnerungen an diese Zeit habe, bin ich nicht einsam.«

»Die Schöpfung des Lebens?«

»Nun ja ... Was meinst du, warum es bei den Tieren Männchen und Weibchen gibt? Hast du darüber schon einmal nachgedacht?«

Klar gab es Männchen und Weibchen! Das war doch selbstverständlich! Noch nie hatte ich mir darüber Gedanken gemacht.

Als ich das freimütig bekannte, seufzte John, scheinbar entrückt.

»Das Zeitalter, in dem Männchen und Weibchen noch nicht getrennt waren, war voller Glück und ohne jede Einsamkeit.«

»Dann kann man also in unserer heutigen Zeit nicht glücklich werden?«

»So ist es nun auch wieder nicht.«

Mit einem Gesichtsausdruck, als wäre er in Trance, begann John zu erzählen.

»Das Leben hat sich in zwei Geschlechter geteilt, um zu überleben.«

»Um zu überleben?«

»Nach der Teilung war das Leben stärker als vorher.«

»Das kann ich nicht glauben.«

Ich dachte an meine weinende Freundin. Sie kam mir nicht gerade sehr stark vor.

»Man könnte wohl von der Kraft der Liebe sprechen, der Kraft, ein anderes Wesen zu brauchen. Diese Kraft, die mit der Einsamkeit wächst, stärkt den Samen.«

Ich verstand nicht alles von dem, was John mir erzählte, aber ich hoffte, dass die Einsamkeit und die Traurigkeit meiner Freundin zu einem guten Ende führen würden.

»Ich erinnere mich noch an jenes glückliche Zeitalter, in dem es keine Einsamkeit gab. Damals war alles noch eins. Unsere Welt war zunächst sehr einfach, wurde aber im Laufe der Zeit immer komplexer, bis unsere heutige Welt entstand. Wusstest du das? Am Anfang bestand die Welt nur aus ganz wenigen Elementen. Über einen so unendlich langen Zeitraum, dass einem bei der Vorstellung schwindlig wird, wurden Sterne geboren und starben wieder, und in den Sternen, die sich damals bildeten, entstanden verschiedene Elemente. Moleküle aus den Elementen jener Zeit strömen auch heute noch durch unser Blut. Aus ihnen bestehen auch die Gene in den Zellen, die Erdoberfläche und auch die Hochbahnen, die du so liebst. An all das kann ich mich erinnern.«

»Auch in mir gibt es Sternenstaub?«

»Ja, Chobi, auch in dir. Auch in der Menschenfrau, bei der du wohnst. Aber weil ihr keine Erinnerung daran habt, seid ihr im Herzen so einsam«, erklärte John.

Am Abend jenes Tages, an dem mir John dies
erzählt hatte, schaute ich hinauf zum Sternenhimmel.

Wenn das, was John erzählt hatte, stimmte,
dann waren wir alle ursprünglich eins.

Meine Freundin kam und hockte sich zu mir.

John hatte erzählt, dass die einzelnen Sternen-
lichter alle Sonnen seien. Bei diesem Gedanken
wurde mir ganz schwindlig im Kopf, und die De-
tails waren mir auf einmal ganz egal.

Ach, könnte ich ihr doch davon erzählen!

Wir saßen nebeneinander und blickten hinauf
zu den Sternen.

Aus der Ferne ertönte das Rattern der Hochbahnen. Ein Klang, der die Welt bewegte. Unser
Planet, auf dem wir uns befanden, drehte sich
immer weiter.

4

Die Jahreszeit wechselte. Der Winter hielt Einzug.

Es kam mir so vor, als würde ich auch die Schneelandschaft, die ich zum ersten Mal sah, schon seit ewigen Zeiten kennen.

Wenn ich meinen Atem an die Fensterscheibe hauchte, beschlug sie und man konnte nichts mehr sehen.

Das Licht der Verkaufsautomaten, die an den Straßen standen, verschwamm hinter der Scheibe. Das sah sehr schön aus.

Sowohl auf Ampeln als auch auf Briefkästen türmte sich der strahlend weiße Schnee, alles wirkte wie neugeboren.

Da es im Winter morgens erst spät hell wird, war es draußen immer noch dunkel, wenn sie das Haus verließ.

Ihr Kopf mit dem kurzgeschnittenen Haar war

von hinten gesehen rund wie der einer Katze. Eingemummt in ihren dicken Mantel wirkte sie noch katzenhafter.

»Bis heute Abend!«

Wie immer legte sie mir bei diesen Worten die Hand auf den Kopf und öffnete dann die schwere Eisentür. Mit der kalten Luft wehte der Duft des Schnees herein.

In ihren dicken Stiefeln ging sie nach draußen.

Mit einem lauten Knall fiel die Tür zu. Meine Freundin drehte den Schlüssel im Schloss und stieg die Außentreppe hinab.

In meiner Vorstellung sah ich sie direkt vor mir, wie sie ihren weißen Atem auf ihre zarten, kalten Fingerspitzen hauchte.

Wie sie durch den Schnee stapfte, weit oben am Himmel über ihr Schneewolken dahintrieben und die Schneeflocken sacht auf ihr landeten.

Ich wartete in ihrer und meiner Wohnung auf ihre Rückkehr.

Inzwischen hatte ich gelernt, mit einem Satz auf den Tisch zu springen. Er war mit einem Bild von einem weihnachtlichen Türkranz geschmückt, das sie aus einer Zeitschrift ausgeschnitten hatte.

Ich wandte meinen Blick zum Fenster. In der Stadt schneite es, und überall blieb der weiße

Schnee liegen. Ein riesiger schwarzer Stahlmast ragte in den Himmel.

Der Schnee schluckte jeden Laut.

Nur das Rattern der Hochbahn, mit der meine Freundin fuhr, erreichte mein Ohr.

Der Herzschlag, der die Welt antrieb.

In einer Zeit, in der sich so viele Dinge änderten, empfand ich den immer gleichbleibenden Herzschlag als sehr wohltuend.

Die Probleme meiner Freundin vermochte ich nicht zu lösen.

Das Einzige, was ich tun konnte, war einfach bei ihr zu bleiben und mein Leben zu leben.

.

.

Die Magie der Bilder

1

An diesem langen Sommernachmittag war die Luft erfüllt vom Duft des Kampferbaums.

Viel zu groß war der Baum geworden, so dass die Wohnung darunter kaum noch Sonnenlicht abbekam. Mit Hilfe von Öl, das nach Terpentin roch, hatte die junge Frau gerade Farben angemischt. Nun wandte sie sich der weißen Leinwand zu, holte tief Luft und schloss die Augen.

Eigentlich war es eine ruhige Wohngegend, doch in diesem alten, verwitterten Mehrfamilienhaus ging es auch tagsüber unruhig und laut zu: Klänge von Musikinstrumenten, die von den Bewohnern des Hauses nach Herzenslust malträtiert wurden, Sportübertragungen aus dem Radio und das Quietschen der verrosteten Eisentreppe. Darüber hinaus roch es ganz seltsam. Kurzum, es war ein Ort, dem eine normale Katze sich niemals nähern würde.

Wir Katzen mögen nämlich keine strengen oder ungewöhnlichen Gerüche, und Orte, an denen es laut ist, hassen wir abgrundtief.

Daher war ich beruhigt. Denn hier würde mir keine andere Katze in die Quere kommen.

Da ich zudem schwerhörig war, konnte es von mir aus noch so laut sein, es störte mich nicht im Geringsten.

Das Mehrfamilienhaus war von einem verwilderten Garten umgeben. Ich war auf einen Ast des riesigen Kampferbaums geklettert, um von dort die junge Frau zu beobachten.

Sie starrte auf die weiße Leinwand vor sich und rührte sich nicht.

Da ich erst zu Beginn des Sommers das Licht der Welt erblickt hatte, verstand ich noch nicht viel von dem, was die Menschen so trieben, aber irgendwie kam es mir nicht normal vor, dass sie die ganze Zeit nur die weiße Leinwand anstarrte.

Nach einer Weile bewegte sie sich.

Entschlossen zog sie, ohne zu zögern, in der Mitte der Leinwand einen dicken schwarzen Strich.

Das ging mir durch und durch, ich war entzückt und innerlich so bewegt, dass mein Schwanz in die Höhe schnellte.

Sie war cool. Zwar war sie klein und von zarter Statur und hatte irgendwie eine seltsame Haarfarbe, aber sie war cool.

Bis die Sonne unterging und die Lichter in den Straßen angingen, trug sie Farbe auf die Leinwand auf. Nach und nach tauchte aus dem Nichts eine Landschaft auf, wie ich sie noch nie gesehen hatte.

Plötzlich entdeckte sie mich.

Ihr Blick war so intensiv und durchdringend, dass ich mich nicht vom Fleck rühren konnte.

»Mimi!«

Sie nannte mich Mimi.

Bisher war ich immer nur mit »Weg da!«, »Diebische Katze« oder »Streuner« angesprochen worden.

Sie jedoch versuchte nicht einmal, mich zu verjagen, und gab mir Futter. Der in Öl eingelegte Fisch aus der Konservendose war ausgesprochen lecker, und obendrein hatte ich jetzt sogar einen Namen, worüber ich sehr glücklich war.

Daher beschloss ich, mich von nun an auch selbst Mimi zu nennen.

*

Sie sah meiner Katze aus der Grundschulzeit sehr ähnlich.

Die kleine Mimi. Eine schneeweiße, verwöhnte Katze. Sie saß immer hinter dem Fenster mit dem kunstvollen Holzdekor im ersten Stock und wartete auf mich, wenn ich aus der Schule nach Hause kam. Sobald ich weißes Zeichenpapier auf meinem Schreibtisch ausbreitete und Bilder malte, sprang sie auf das Papier und wollte, dass ich mich um sie kümmerte. Da sie sich in der noch nicht getrockneten Farbe herumwälzte, färbte sich ihr schönes weißes Fell kunterbunt.

Beim Essen maunzte sie vom Geschirrschrank herunter und versuchte, sich in unsere Gespräche einzumischen. Das fand ich unheimlich süß.

Ach ja, als Mimi bei uns lebte, wohnten meine Mutter und mein Vater beide noch zu Hause.

Wir aßen zusammen Frühstück, ich erzählte von dem, was ich in der Schule erlebt hatte, und beide hörten mir zu. War es etwas Lustiges, lachten sie mit mir, und war es eine bittere Erfahrung, regten sie sich gemeinsam mit mir darüber auf.

Doch ehe wir uns versahen, hatten wir auf einmal völlig unterschiedliche Essenszeiten und sprachen nur noch selten miteinander.

Inzwischen lebten mein Vater und meine Mutter mit jeweils neuen Partnern an unterschiedlichen Orten.

Nach dem Abschluss der Oberstufe hatte ich beschlossen, mein Zuhause zu verlassen und allein zu wohnen. Meine Eltern waren zwar dagegen, aber da beide auch machten, was sie wollten, dachte ich damals, dass auch ich egoistisch sein durfte.

Das Haus, in das ich einzog und in dem ich nun wohnte, war alt und schäbig, doch brauchte ich keine Miete zu zahlen. Genau genommen sollte ich sie nachzahlen, wenn ich selbst einmal Geld verdienen würde. Vermieterin war nämlich meine Großmutter mütterlicherseits. Beim Malen passierte es schnell, dass Farbe danebenging, aber auch darauf brauchte ich keine Rücksicht zu nehmen.

Mittlerweile besuchte ich eine Fachschule für Kunst und Design. Schon seit dem Frühjahr des letzten Jahres in der Oberstufe war ich regelmäßig hierhergekommen, um mich auf die Aufnahmeprüfung der Kunsthochschule vorzubereiten. Aber dann fiel ich bei der Prüfung durch, weshalb ich ein Jahr auf den nächsten Versuch warten musste. Die Aufnahmeprüfung war mir jedoch inzwischen egal, und ich dachte darüber nach, ob ich mir nicht besser eine Arbeit suchen sollte.

Da so einige Typen meinten, Malen sei leichter als ein anderes Studium, und die Kunsthochschule in erster Linie als Karrieresprungbrett betrachteten, war der Andrang für die Aufnahmeprüfung riesig. Um die Aufnahmeprüfung zu bestehen, benötigte man, wenn man nicht ausgesiebt werden wollte, eine besondere Technik. Das hatte ich aber leider erst zu spät gemerkt.

Wegen der Typen, die keine Lust hatten, für die Aufnahmeprüfung an einer anderen Hochschule zu lernen, und die so naiv waren zu denken, dass sie malen könnten, hatten wirklich talentierte Prüflinge wie ich das Nachsehen.

Ich wusste, dass meine Bilder außergewöhnlich gut waren.

Trotzdem lobten die Dozenten, die selbst an der Kunsthochschule studiert hatten, als Künstler jedoch gescheitert waren, meine Bilder nur selten. Stattdessen ließen sie mich immer nur eintönige Routineübungen machen.

Dabei war sogar die weiße Katze, die Mimi so ähnlich sah, von meinen Bildern fasziniert.

Wenn meine Begabung sogar einer Katze auffiel, wieso begriff das nur an der Fachschule niemand?

Offen gesagt, gab es keinen in meiner Umgebung, der besser malen konnte als ich.

Da mir Talent in die Wiege gelegt worden war, nahm ich auch gern ein wenig Unglück in Kauf.

Zum Beispiel, dass ich so klein war, dass das Färben meiner Haare voll danebengegangen und dass ich durch die Aufnahmeprüfung gefallen war.

Glück oder Unglück – das war meines Erachtens eine Frage der Einstellung. Meine Eltern lebten getrennt, die doppelte Untreue brachte zwar Unglück mit sich, aber finanziell ging es mir ganz gut, denn ich konnte allein leben, ohne Miete zu zahlen.

Ich war zwar unglücklich gewesen, dass ich den Sprung an die Uni nicht geschafft hatte, aber dadurch hatte ich herausgefunden, was ich gern machen wollte, und wenn ich das bedachte, hatte es mir doch auch Glück gebracht.

Ich würde mit meinen Bildern meinen Lebensunterhalt verdienen.

Sobald meine Hand sich bewegte, tauchten verschiedene Ideen vor meinem inneren Auge auf und verschwanden wieder. Binnen kurzem war ich dann aber so konzentriert, dass ich nichts anderes mehr sah als mein Bild. Vielleicht hatte ich das auch meinem Publikum, der weißen Katze, zu verdanken. An diesem Tag jedenfalls glitt mein Pinsel mühelos über die Leinwand.

Als Zeichen meiner Dankbarkeit – nun ja, das ist vielleicht etwas übertrieben ausgedrückt – öffnete ich für sie zum Abendbrot eine Dose Thunfisch. Während ich ihr dabei zusah, wie sie hingebungsvoll den Fisch verspeiste, erinnerte ich mich an Mimi. Auch sie hatte Dosenthunfisch geliebt.

Einen Augenblick lang dachte ich daran, die Katze bei mir aufzunehmen.

Es gab zwar für die Wohnung keine Vorschriften, die Haustiere verboten, wie sie in besseren Stadtvierteln üblich waren, aber keiner der Bewohner dieses Hauses hielt ein Haustier. Alle waren chaotisch oder arm oder aber beides. Es gab keinen Bewohner, der ernsthaft ein Tier hätte halten können.

Dennoch, das Zeichenmaterial kostete Geld. Und da ich unter chronischem Geldmangel litt, konnte auch ich mir eine Katze einfach nicht leisten.

*

Sie hieß Reina. Das wusste ich, weil sie sich mir vorgestellt hatte.

Ich hatte außer ihr noch nie einen Menschen kennengelernt, der sich einer Katze vorstellte.

Sie roch immer so seltsam. Nach Alkohol, Farbe, Parfüm, fremdländischen Gewürzen oder nach Zigaretten, obgleich sie selbst nicht rauchte.

Sie war sehr launisch, an manchen Tagen gab sie mir Futter, an manchen nicht.

Bekam ich keines, war sie meist völlig ins Malen vertieft. Dann blieb mir nichts anderes übrig, als mir Futter bei einem anderen Bewohner des Hauses oder ganz woanders zu suchen. Hinter dem Haus gab es verwilderte Blumenbeete und einen Wasserhahn mit Anschluss für den Gartenschlauch, wo ich immer sauberes Wasser trinken konnte.

Meist gab Reina mir von dem ab, was sie selbst gerade aß, manches war lecker und manches hätte ich kein zweites Mal fressen wollen. War sie gut gelaunt, öffnete sie extra für mich eine Dose Katzenfutter.

So bekam ich zwar hin und wieder Futter von ihr, doch wohnte ich nicht wirklich bei ihr.

»Tut mir leid, aber ich kann dich nicht aufnehmen.«

Das hatte sie bei unserer ersten Begegnung zu mir gesagt.

»Katzen sterben nämlich.«

›Ganz meine Meinung! Katzen sterben sehr schnell.‹

Ich hatte schneeweißes Fell, war von meinen Geschwistern die kleinste und obendrein auch noch schwerhörig. Mehrmals wurde ich fast von Autos überfahren, bemerkte zu spät, wenn sich mir eine andere Katze näherte, und hatte schon schreckliche Erfahrungen gemacht.

»Aber Katzen müssen nun einmal sterben.«

Sie lächelte traurig, als sie das sagte.

Vielleicht hieß ja die Katze, die sie verloren hatte, Mimi. Dann wäre ich Mimi die Zweite.

Reina bezeichnete sich selbst als sehr eigensinnig.

»Deshalb bekommst du auch nur Futter, wenn mir danach ist.«

Sie war wirklich eigensinnig. Es kam sogar vor, dass ich mitten in meinem Mittagsschläfchen auf dem kühlen Beton im Schatten von ihr am Nacken gepackt und in einer großen Schüssel von Kopf bis Fuß gewaschen wurde.

»Wie weiß du bist! Und was für eine Schönheit!«

Obwohl ich kurz zuvor noch geglaubt hatte, ich würde sterben, besserte sich bei ihren Worten »Was für eine Schönheit« augenblicklich meine Laune. Denn dass sie mich lobte, machte mich glücklich.

Ich mochte sie.

Denn sie war sehr stark.

2

In einer großen Wasserpfütze, Folge eines abendlichen Platzregens, spiegelte sich der blaue Himmel.

Ich war gerade auf dem Heimweg von der Fachschule nach Hause. Während ich darüber nachdachte, was ich heute Abend essen könnte, sprach mich von hinten ein junger Mann an. Es war Masato. Er ging mit mir in dieselbe Klasse zur Vorbereitung auf die Aufnahmeprüfung an der Kunsthochschule im Fach Malerei.

»Was willst du?«, fragte ich und blieb sogar stehen.

»In den Sommerferien wollen doch alle aus der Klasse zusammen ins Schwimmbad gehen … hast du nicht auch Lust?«

Dieser Typ redete immer so zurückhaltend und leise, es fehlte ihm einfach an Temperament.

»Nein«, antwortete ich ohne Umschweife und ging weiter.

»Hab ich mir's doch gedacht …«, begann Masato in einem bedauernden Tonfall, um mir dann zu folgen, wobei er sich schräg hinter mir hielt.

»Nun ja, das ist ja auch in Ordnung …«

Allerdings!

»Es heißt, dass du aus dem Malerei-Kurs aussteigst?«

Ich nickte.

»Ich werde mir eine Arbeit suchen.«

Meinen Eltern hatte ich zwar noch nichts davon erzählt, aber ich hatte mich bereits entschieden.

»Ach so …«, gab Masato etwas dümmlich von sich.

»Aber es gibt doch auch noch andere Kurse für die Aufnahmeprüfung an der Uni, nicht nur für Malerei. Zum Beispiel für Design!«

»Darum geht es doch gar nicht!«

Er begann mich zu nerven.

»Worum denn dann?«

»Ich will Bilder malen, aber es ist mir zu dumm, Bilder für die Aufnahmeprüfung zu malen. Darum!«

Es war mein voller Ernst.

»Da ist was dran. Finde ich auch.«

Dass Masato das einfach so zugab, brachte mich aus dem Konzept.

»Aber ich denke, dass du auf jeden Fall die Prüfung bestehen würdest.«

»Na ja.«

Seine Worte freuten mich schon ein wenig, und es fiel mir schwer, meine finstere Miene beizubehalten.

»Das Schwimmbad hat übrigens eine Strömung …«

Kam er schon wieder mit diesem Thema!

»Mach dir mal keine Gedanken um mich! Mal lieber etwas!«

Irgendwie wurde ich jetzt sauer.

»Es gibt doch wohl wichtigere Dinge, als sich mit Stümpern zu vergnügen und zu amüsieren, oder?«

»Aber die Lehrer haben es doch auch gesagt! Dass Lebenserfahrungen wichtig sind.«

Er schien in keiner Weise gekränkt zu sein, als er das erwiderte.

»Im Wasser herumzuplantschen – das ist doch wohl keine Lebenserfahrung!«

»Vielleicht begegnet einem dabei aber die große Liebe, die das ganze bisherige Leben ins Wanken bringt.«

»So ein Quatsch!«

Im Gespräch mit Klassenkameraden hörte ich

oft, dass manche miteinander gingen oder sich wieder trennten.

Die Betreffenden dachten dann bestimmt, das sei etwas Besonderes, aber auf Außenstehende wirkten Liebschaften lächerlich und gewöhnlich.

»Du bist wohl nicht von deiner Meinung abzubringen.«

Masato lächelte gequält.

»Zum Kunstfestival im Herbst reichst du doch etwas ein, oder?«

Da es für den Wettbewerb des Kunstfestivals eine Altersbeschränkung gab, war er für junge Künstler der schönen Künste eine Chance zum Erfolg. Wollte man teilnehmen, dann musste man um diese Zeit langsam anfangen, etwas zu malen.

»Habe ich vor, ja.«

»Viel Erfolg!«

»Dir auch!«

Bei meiner Erwiderung machte Masato große Augen. Hatte er etwa gar nicht vorgehabt, etwas einzureichen? Na so was!

Kurz darauf erreichten wir den Bahnhof, wo wir uns voneinander verabschiedeten.

*

Ich bin eine ausgesetzte Katze.

Als Kind wurde ich sowohl von meiner Mutter als auch von dem Ehepaar, bei dem wir wohnten, liebevoll umsorgt. Wir waren fünf Katzenkinder. Unzählige Menschen kamen, um meine Geschwister in Augenschein zu nehmen, und die Nerven meiner Mutter lagen blank, aber ich wurde von den Menschen verhätschelt und war stets gut gelaunt.

Dieses Glück hielt jedoch nicht lange an. Während meine Geschwister alle ein neues Zuhause fanden, wurde ich, da niemand mich aufnehmen wollte, kurzerhand ausgesetzt. Wahrscheinlich, weil ich die Kleinste und schwerhörig war, oft die Muttermilch erbrach und als menschenscheu galt. Ich war eben das schwächste Kätzchen.

Die schwachen Katzen waren die Ersten, deren Lebenslicht erlosch. Das hielt ich für eine ganz natürliche Sache.

Für Reina aber wollte ich stark sein.

Deshalb zog ich auch nicht bei ihr ein, sondern schlief auf dem Kampferbaum. Dort näherten sich mir weder unangenehme Insekten noch andere Katzen, was überaus erfreulich war.

Auch was mein Futter anging, wollte ich mich nicht nur von dem ernähren, was man mir gab, sondern auch selbst jagen und Beute fangen. Dadurch konnte ich immer stärker werden. Ich wünschte mir, dass auch Reina das sah.

Reina schien auch noch andere Reviere zu haben. Sie ging irgendwohin und kam abends zurück. Manchmal blieb sie auch bis zum Nachmittag in ihrer Wohnung, und manchmal war sie von frühmorgens bis spätabends unterwegs. Es gab sogar Tage, an denen sie abends nicht zurückkehrte. Dann zog sich mir immer das Herz zusammen.

Als Reina einmal mehrere Tage nacheinander nicht nach Hause kam, machte ich mir Sorgen und beschloss, sie zu suchen. Da traf ich Chobi.

Er hatte genau wie ich ein schönes schneeweißes Fell. Ich verliebte mich auf den ersten Blick in ihn. Da Kater immer gleich versuchen, auf einen draufzuklettern, hatte ich ein bisschen Angst, aber Chobi war anders als die anderen.

Denn als er mich erblickte, grüßte er lediglich lässig:

»Hi!«

»Ist das hier dein Revier?«

»Kann man wohl sagen.«

Vor lauter Schreck bekam ich Herzklopfen.

Ohne es zu merken, war ich also in das Revier einer anderen Katze geraten.

»Dann wirfst du mich also jetzt hinaus.«

»Bei einem kleinen Kätzchen würde ich so etwas niemals tun.«

»Du bist ja ein Gentleman.«

Irgendwie war er schon ein seltsamer Kater.

»Ich heiße Chobi«, stellte er sich vor.

»… und ich Mimi.«

Ganz langsam näherte ich mich ihm so weit, dass ich seinen Geruch wahrnehmen konnte. Wir schnupperten beide aneinander.

Chobi roch nach Mensch.

»Wohnst du bei einem Menschen?«

»Ja, ich bin ihr Kater!«

»Ihr?«

»Ich weiß nicht, wie sie heißt. Interessiert mich auch nicht. Aber sie ist meine Geliebte.«

»Seltsam.«

»Seltsam?«

»Du weißt nicht mal, wie sie heißt, deine Geliebte. Das ist seltsam.«

Ein bisschen eifersüchtig war ich da schon.

»Ein Name ist doch nur ein Name. Selbst wenn eine Katze Hund heißt, bleibt sie doch immer noch eine Katze, oder?«

Solch ein Gespräch führte ich zum ersten Mal, und mich überkam ein ganz merkwürdiges Gefühl. Ich hätte mich gern noch länger mit diesem Kater unterhalten, aber da entdeckte ich Reina. In einer großen weißen Tüte sah ich die Umrisse eines runden Gegenstands – unverkennbar Katzenfutter in der Dose. Eine Köstlichkeit!

»Sehen wir uns wieder?«

»Vielleicht.«

»Nicht vielleicht! Ich will dich unbedingt wiedersehen!«

Ich war zwar ganz wild auf das Katzenfutter, wollte aber auch Chobi gern wiedersehen.

»Na gut!«

»Versprochen! Ehrenwort!«

So verabredeten wir uns, und ich verabschiedete mich von Chobi.

Als ich nun zu Reina rannte und schnurrte, lächelte sie mich an.

»Mimi, hast du mich gewittert?«

Glücklich rieb ich meinen Hinterkopf an Reina.

›Ob Chobi das mit seiner Geliebten wohl auch macht?‹, fragte ich mich und spürte plötzlich ein feines Ziehen in der Brust.

Seitdem trafen wir uns fast täglich, und manchmal ließen wir uns auch gemeinsam Reinas Futter schmecken.

Chobi war ein schlechter Jäger. Er war so ungeschickt, dass es normalerweise nicht verwunderlich gewesen wäre, wenn ich ihm die Freundschaft aufgekündigt hätte. Aber meine Eltern waren auch schlecht im Jagen gewesen, weshalb ich diese Ungeschicklichkeit irgendwie süß fand. Ich wollte zwar das Jagen lernen, aber da war halt nichts zu machen. Ich dachte nur, es wäre doch schön, wenn ich es irgendwann aus eigener Kraft schaffen würde zu jagen und Reina meine Beute bringen könnte. Als Dank für das Futter hätte dann auch ich einmal ein Geschenk für sie.

*

Als ich in der schwülen Hitze des Sommers gerade dabei war, ein Bild zu malen, kam mir der Gedanke, wie schön es doch wäre, jetzt eine erfrischende Dusche aus dem Gartenschlauch zu nehmen. Die am Fensterrahmen angebrachte Klimaanlage produzierte nichts als Lärm, der Kühleffekt war gleich null.

›Die anderen sind bestimmt jetzt im Freibad …‹

Entschlossen schüttelte ich den Kopf, wie um den Gedanken loszuwerden, dass ich doch besser mitgegangen wäre.

Ich widmete schließlich mein Leben der Malerei.

Nach einer Weile hörte ich draußen vor dem Fenster vertrautes Tapsen. Das war Mimi. Heute brachte sie einen Gast mit.

Es war ein weißer Kater, der Mimi sehr ähnlich sah und ein Halsband trug. Unwillkürlich dachte ich:

›Wenn du bei einem Menschen wohnst, dann hol dir doch dort dein Futter!‹

Aber da ich ja nicht wusste, ob Mimi nicht auch irgendwo Futter bekam, öffnete ich dann doch großzügig die Dose mit dem Thunfisch.

Allein schon bei dem Geräusch wurde Mimi ganz ungeduldig. Sie war so süß in diesem Moment! Als ich ein Schälchen mit Thunfisch vor sie hinstellte, ließ sie es sich schmecken. Auch unser Gastkater probierte vorsichtig davon, reagierte aber, als sei er überrascht.

Während ich den beiden Katzen zusah, legte sich meine innere Unruhe. Ich beschloss, selbst auch etwas zu essen: ein knackig gefrorenes

Häagen-Dazs aus dem viel zu kalt eingestellten Tiefkühlfach.

»In Lumpen gekleidet, aber ein Herz aus Gold. In einem schäbigen Haus wohnend, aber ein Eis von Häagen-Dazs. Genau!«

In letzter Zeit kam es häufiger vor, dass ich mit Mimi redete. Während sie sich den Thunfisch schmecken ließ, warf sie mir kurze Blicke zu.

Ich führte ein erweitertes Selbstgespräch, und obwohl Mimi eine Katze war, stimmte es mich doch glücklich, beim Essen eine Gesprächspartnerin zu haben. Nicht einmal in der Fachschule gab es einen Menschen, mit dem ich mich gut verstand, und mich mit jemandem zusammenzusetzen, mit dem ich nicht gut klarkam, hätte ja auch nichts gebracht, weshalb ich letztendlich immer allein aß.

Von meinem Platz am Fenster aus ließ ich den Blick über mein Zimmer schweifen. Ich sah die drei angefangenen Bilder. Die fertigen hatte ich in den Wandschrank gestellt, dessen Schiebetüren fehlten.

Die Schlafcouch, das kleine Bücherregal und die Kleiderbox. Der mobile Gaskocher und das Spülbecken. Der kleine Kühlschrank. Die Malutensilien und die gekauften Instantnudeln. Meine kleine Welt. Die Tatami und die Dielen unter dem Teppich mit den vielen Farbflecken gaben nach, quietschten und knarrten, und sogar die Stimmen aus der übernächsten Wohnung waren zu hören.

Es war eine schäbige kleine Wohnung, aber ich mochte sie.

*

In Reinas Augen lag ein glühendes Funkeln. Ich liebte ihre Stärke und ihr selbstbewusstes Auftreten. So würde ich, schwach wie ich war, niemals sein.

Ohne zu zögern, schwang sie ihren Pinsel. Trug Farbe auf. Der Geruch der Farben schwebte durch den Raum. Je nach Farbe variierte er leicht. Das fand ich faszinierend. Entschlossen miaute ich aus voller Kehle. Da meine Stimme aber sehr leise war, fand sie nur selten Gehör.

»Was ist? Hast du etwa Hunger?«

Endlich hatte sie mich bemerkt. In Gedanken immer noch bei ihrem Bild, öffnete sie eine Dose Thunfisch.

Er war salzig, aber ich konnte ja nicht auch noch Ansprüche stellen!

Während ich selbstvergessen den Thunfisch

fraß, spürte ich plötzlich einen Blick und hob den Kopf.

Da! Ein Falke! Auf die typische Silhouette eines Raubvogels reagierte mein Instinkt, und ich fiel vor Schreck vom Fensterbrett.

Als Reina das sah, hielt sie sich den Bauch vor Lachen.

»So gut ist mir das Bild gelungen?«

Denn natürlich war das kein echter Falke, sondern nur ein Teil ihres Bildes.

Als ich genauer hinschaute, war der Falke nur gemalt und konnte also gar kein echter Vogel sein. Dennoch hatte ich in diesem Moment geglaubt, er wäre real. Obwohl ich seit meiner Geburt noch nie einen Falken gesehen hatte, hatte mir mein Instinkt signalisiert: Das ist ein gefährliches Lebewesen!

Reina war wirklich cool.

Ich war stolz darauf, bei ihr sein zu dürfen.

*

Ich hatte gemalt, bis die Sonne aufging. Dann schlief ich ein und als ich aufwachte, war es längst Nachmittag.

In einem direkt an einer Nationalstraße gelegenen kleinen Lokal für Reisgerichte mit gekochtem Rindfleisch und Gemüse aß ich rasch etwas und kehrte dann wieder nach Hause zurück.

Vor dem Haus, in dem ich wohnte, begegnete ich der Frau aus der Nachbarwohnung. Sie arbeitete nachts und war immer stark geschminkt.

»Reina, du hast Besuch!«

Ihr regional gefärbter Tonfall klang wie Musik in meinen Ohren.

»Alles klar, vielen Dank!«, antwortete ich und verbeugte mich leicht.

Nur selten kamen Gäste zu mir. Wer mochte das wohl sein?

Aus irgendeinem Grund tauchte Masatos Gesicht im Geiste vor mir auf, obgleich es eigentlich sehr unwahrscheinlich war, dass er mich besuchte.

Vor unserem Haus wartete eine Frau. Da sie anders gekleidet war als sonst, erkannte ich sie nicht gleich.

»Da bist du ja!«

Es war die junge Frau, die im Büro für Unterrichtsangelegenheiten der Fachschule arbeitete.

»Nanu? Miyu? Was ist passiert?«, fragte ich.

Sie lächelte schüchtern.

»Ach weißt du, ich wohne ganz in der Nähe.

Eigentlich wird es nicht so gern gesehen, wenn wir Studierende zu Hause besuchen, aber …«, begann sie seltsam verlegen und fast, als wolle sie sich entschuldigen. Den Grund für ihr Kommen ahnte ich schon.

»Ach was, kümmern wir uns doch nicht darum!«

Ich schloss meine Wohnungstür auf.

»Komm doch rein! Es ist leider eng und nicht geputzt.«

Damit hatte ich nicht übertrieben. Hätte ich doch besser aufgeräumt! Aber dafür war es nun zu spät.

Als Miyu einen Blick in mein Zimmer warf, raubte es ihr den Atem. Sie erschrak jedoch nicht etwa wegen des verheerenden Zustands der Wohnung, sondern starrte vielmehr fasziniert auf mein erst vor kurzem angefangenes Bild.

»Unglaublich … ein Meisterwerk!«

Über diese Reaktion freute ich mich sehr. Innerlich warf ich mich in Siegerpose.

»Ich weiß noch nicht, wann es fertig sein wird …«

Mimi, die zusammengerollt auf der Schlafcouch lag, öffnete die Augen und sah Miyu an.

»Sie hat genauso wie du auf das Bild reagiert.«

Ich kraulte Mimi unterm Kinn.

»Oh, du hast eine Katze.«

»Nun ja, eigentlich gehört sie mir nicht wirklich, sie ist mir sozusagen zugelaufen, oder besser gesagt, sie kommt öfters vorbei.«

»Sie zeigt gar keine Scheu. Sie vertraut dir voll.«

»Meinst du?«

Ich wusch mir die Hände und auch zwei Tassen, um dann kalt aufgegossenen Gerstentee einzuschenken.

»Danke. Ich habe auch eine Katze.«

»Tatsächlich?«

»Ja, einen Kater. Er ist schneeweiß und deinem Kätzchen sehr ähnlich.«

Der Kater, den Mimi einmal mitgebracht hatte, kam mir in den Sinn. Konnte das sein? Das wäre ja ein unglaublicher Zufall!

»Also, in letzter Zeit scheinst du ja kaum noch in der Schule aufzutauchen …«, kam Miyu plötzlich zu ihrem eigentlichen Anliegen.

»Weil ich nicht mehr hingehe.«

Sie sah mir ins Gesicht und seufzte.

»Weißt du, das ist jetzt nicht meine Meinung als Angestellte des Büros für Unterrichtsangelegenheiten, sondern meine persönliche, und ich möchte, dass du sie dir anhörst. Vielleicht steht es mir ja gar nicht zu, dir das zu sagen … Ich habe schon viele verschiedene Studierende an unserer Schule kommen und gehen gesehen, weshalb ich unbedingt mit dir sprechen wollte …«

Da sie so weit ausholte, wurde ich unruhig.

»Nun komm schon zum Punkt!«

»Gut malen zu können, reicht nicht, um in der Zukunft etwas zu werden.«

Das saß und traf mich mitten ins Herz.

»Ich weiß.«

Mein Tonfall war unerwartet schroff. Meine Hände zitterten.

»Deshalb, Reina, … willst du es nicht ein zweites Mal an der Kunsthochschule versuchen?«

Miyu blickte mir direkt in die Augen.

In meinem tiefsten Innern sehnte ich mich nach einem solchen Rat.

Die Worte, die nun aus meinem Mund kamen, entsprachen jedoch nicht dem, was ich im Grunde meines Herzens fühlte.

»Na und? Was habe ich schon von einem Abschluss an der Kunsthochschule?!«

Es war mir durchaus klar, dass diese Worte nicht eines gewissen Sarkasmus entbehrten.

»Hier spricht jemand, der selbst dort studiert hat.«

Volltreffer! Miyus Tonfall war liebevoll, ihre Worte berührten mich im Innersten.

»Du bist aber streng!«

Diesmal sagte ich, was ich wirklich dachte.

»Du kannst auch arbeiten gehen, aber neben der Arbeit weiter Bilder malen, das ist sehr schwer!«

Das wusste ich auch.

»Ich schaff das schon.«

Das sagte ich nur, um nicht nachzugeben. Die fehlenden Argumente ersetzte ich durch Lautstärke. Erschrocken über meine Erregung, die sicher bedrohlich wirkte, verlor Mimi ihre Contenance.

»Um in der Welt der Kunst Fuß zu fassen, reicht Können nicht aus. Abgesehen davon, ob es gut ist oder nicht, ist es nun einmal so, dass niemand auch nur Notiz von einem Künstler nimmt, der nicht an der Kunsthochschule studiert hat.«

Noch bevor ich den Mund öffnen konnte, fuhr Miyu fort:

»Wenn man jedoch von irgendeinem Kritiker entdeckt und zu den Künstlern der Art Brut gezählt wird, ist es allerdings etwas anderes …«

Das wusste ich doch alles!

»Mach dir keine Sorgen! Mit meinen Bildern

kann ich mich überall irgendwie durchschlagen. Gerade jetzt male ich eins für einen Wettbewerb.«

Miyu lachte.

»Warum lachst du?«

Ich fühlte mich nicht ernst genommen.

»Oh, tut mir leid! Du hast aber auch echt ein beneidenswert großes Selbstvertrauen! Mir ging nur durch den Kopf, dass mein Leben vielleicht anders verlaufen wäre, wenn ich so selbstbewusst gewesen wäre wie du.«

Sie schien es ehrlich zu meinen und mir nichts vorzumachen.

»Was meinst du damit? Geht es um einen Mann?«

Bei dieser sehr direkten Frage verlor Miyu ganz offensichtlich die Fassung.

»Nicht wirklich …«

Ich hatte offenbar ins Schwarze getroffen. Sie war leicht zu durchschauen.

»So ein wunderbarer Mensch wie du braucht sich doch keine Sorgen zu machen! Du kümmerst dich ja sogar um mich und bist hierhergekommen, oder? Du strahlst so viel Güte aus, das spürt doch jeder!«

»Meinst du?«

Aus irgendeinem Grund war jetzt ich diejenige,

die Miyu Mut machte. Was war das nur für eine Situation?

Mimi gähnte herzhaft und rollte sich auf der Schlafcouch erneut zusammen.

»Ich werde auf jeden Fall über deine Worte nachdenken.«

»Ich bitte dich darum. Und ...«

»Ich gehe wieder in die Schule. Bald.«

»Danke.«

Miyu lächelte.

*

Die Frau, die gerade Reinas Wohnung verließ, hatte nach Chobi gerochen.

Ach so, das war also seine Geliebte ...

Von diesem Tag an war mir ständig übel. Ich war überzeugt davon, dass der Grund dafür bei Chobi lag, aber das war es nicht allein.

3

Miyu hatte mir die Aufnahmeprüfung ans Herz gelegt.

Ohne dass ich mich jedoch zu einer Entscheidung – Aufnahmeprüfung oder Arbeitssuche – durchringen konnte, neigte sich der Sommer bereits seinem Ende entgegen.

In den letzten zwei Wochen der Sommerferien absolvierte ich, vermittelt durch die Fachschule, ein Praktikum, für das ich mich sogar selbst beworben hatte, was mir eine Zeitlang jedoch völlig entfallen war.

Ein Praktikum – das klang zwar gut, war jedoch fast immer nur eine Art unbezahlte Arbeit. Daher hatte ich zuerst große Lust, blauzumachen. Da es sich jedoch um ein Design-Studio handelte, dessen Name sogar mir bekannt war und das Film-Logos, Einbände von Manga-Bestsellern und Ähnliches produzierte, änderte sich meine Einstellung.

Wie es sich für ein Design-Studio gehörte, befand es sich in einem angesagten Stadtviertel, allerdings ein bisschen weit weg von meiner Wohnung. Zum ersten Mal seit langem hatte ich nun wieder einen geregelten Alltag.

Am ersten Tag war ich tatsächlich aufgeregt. Meine Arbeit bestand unter anderem darin, Protokolle von Meetings zu verfassen und Adressetiketten aufzukleben, umfasste also eigentlich nur Aufgaben, die jeder Beliebige hätte erledigen können, doch dank dieses Jobs konnte ich nun professionelle Designer einmal aus nächster Nähe erleben.

Zum ersten Mal sah ich mit eigenen Augen, wie Profis arbeiteten. Alle hatten eines gemeinsam: Sie waren schnell. Darüber hinaus beeindruckte mich, dass sie für ein einziges Design eine riesige Zahl an Entwürfen fertigten. Auch wenn ich nur Kleinkram erledigte, war ich doch glücklich, für diese Menschen von Nutzen sein zu können.

Noch glücklicher war ich über das Mittagessen.

In der Umgebung des Studios gab es jede Menge erstklassige Restaurants. Jeden Tag wurde ich reihum von irgendjemandem zum Mittagessen in eines der luxuriösen Lokale eingeladen. Überall schmeckte es überraschend gut.

Ich begriff, dass ich lange Zeit nichts Ordentliches mehr gegessen hatte. Das gute Essen weckte bei mir Arbeitseifer und Lebensenergie. Ich hatte geglaubt, dass mir bei unbezahlter monotoner Arbeit die Motivation fehlen würde, aber ich entdeckte auf einmal einen Sinn in meiner Arbeit.

Wie Mimi wurde also auch ich nun mit gutem Essen verwöhnt.

Die Leute im Design-Studio waren an Praktikantinnen wie mich gewöhnt und kümmerten sich um mich. Besonders viel Aufmerksamkeit schenkte mir ein Mann, der von allen »Chef« genannt wurde.

Mein erster Eindruck von ihm war: ein unangenehmer Typ. Unter Männern, die Parfüm benutzten, gab es schlicht keinen, der etwas taugte. Das hatte ich auch bei meinem Vater gesehen. Der Chef war noch jung, doch irgendwie ähnelte er meinem Vater.

Wie ich gehört hatte, war er auch derjenige gewesen, der entschieden hatte, dass ich als Praktikantin aufgenommen wurde.

Ich hatte meine bisherigen Arbeiten in einer Mappe zusammengestellt und eingereicht, und er hatte sie gelobt.

Beim gemeinsamen Mittagessen erzählte ich

ihm begeistert von dem Bild, das ich gerade malte, und er hörte mit sichtlichem Vergnügen zu.

»Zeigen Sie mir doch demnächst mal Ihre Bilder!«, sagte er mit einem unbekümmerten Lächeln. Daher wollte ich ihm das Bild, das ich gerade malte, unbedingt zeigen. Jenes Bild, das Mimi und auch Miyu so überrascht hatte. Es würde ihm bestimmt gefallen.

»Sie können jederzeit vorbeikommen! Die Wohnung ist zwar ärmlich, aber …«, antwortete ich mit stolz geschwellter Brust.

Ich war sicher gewesen, dass er binnen kurzem bei mir aufkreuzen würde, aber da die Arbeit im Studio plötzlich zunahm und wir alle Hände voll zu tun hatten, war von einem Besuch bei mir keine Rede mehr. Manche Kollegen übernachteten sogar im Büro. Auch ich war von früh bis spät mit meinen Aufgaben mehr als beschäftigt.

Die Atmosphäre an diesen Großkampftagen erinnerte mich an die Zeit vor einem Schulfest, und ich genoss diese Stimmung. Sicher lag es auch daran, dass ich selbst nicht direkt involviert und daher entspannter war, und wenn man mir dafür dankte, dass ich ein paar Lunchboxen gekauft hatte, war ich einfach glücklich darüber, dass ich mich bei diesen Leuten hatte nützlich machen können. Als ich einmal genauer darüber nachdachte, kam es mir so vor, als hätte ich in meinem bisherigen Leben nur selten etwas getan, was anderen Menschen genutzt hatte.

»Vielen Dank für Ihre Mühe!«

Nachdem die Großkampftage überstanden waren, stießen wir darauf an.

Ich hatte mich als Minderjährige für Cola entschieden, da ich den guten Ruf der Fachschule, die mich schließlich hierher vermittelt hatte, nicht gefährden wollte.

Dem Chef war sein Versprechen, sich meine Bilder anzusehen, offenbar nicht entfallen. Da ich sicher gewesen war, dass er es bei all dem Stress bestimmt vergessen hatte, freute ich mich sehr, als er darauf zurückkam, und wir tauschten unsere Handynummern aus.

»Nimm dich vor ihm in Acht, er steht auf junge Mädchen!«, flüsterte mir kurz darauf eine Designerin auf der Toilette ins Ohr.

Sie war bestimmt eifersüchtig!

Diese Einschätzung sollte sich als Fehler herausstellen.

*

Der Sommer näherte sich seinem Ende, und mein Körper begann sich zu verändern. Aus dem Katzenkind wurde eine Katzenfrau.

Ich wünschte mir so sehr Kinder von Chobi, weshalb ich beschloss, es ihm direkt zu sagen.

»Lass uns heiraten!«

»Hör mal, Mimi, ich habe dir das doch schon so oft gesagt, ich habe eine erwachsene Geliebte.«

Schon wieder diese Geschichte? Ich bekam Lust, das zu überprüfen. Ob es jene Frau war, die Reina besucht hatte, Und wie ernst ihm diese Liebesbeziehung wirklich war.

»Stell mich ihr vor!«

»Das geht nicht.«

»Warum?«

»Ach Mimi, wie oft habe ich es dir schon gesagt … Ich glaube, das kann ich dir erst erzählen, wenn du erwachsen bist.«

Ich wurde so traurig, dass sowohl mein Bart als auch meine Ohren als auch mein Schwanz tief herabhingen.

Eine Menschenfrau als Geliebte, wie lächerlich! Na, dann bleib doch allein und träum schön weiter!

*

Trotzig rannte ich, mit den Pfoten aufstampfend, zu Reinas Atelier.

Als ich von meinem Stammplatz, dem Kampferbaum, in Reinas Zimmer spähte, telefonierte sie gerade.

»Wirklich? Aber nein, ganz bestimmt nicht!«

Ganz anders als sonst hatte ihre Stimme einen koketten Klang.

Das war doch nicht Reina! Ich wollte, dass sie viel stärker und so selbstbewusst war, dass sie es nicht nötig hatte, sich bei anderen einzuschmeicheln.

Irgendwie hielt ich es vor Wut nicht mehr aus und geriet in eine ganz entsetzliche Stimmung. In diesem Moment hätte ich sicher jedes Tier jagen können!

Ich glaube, ich war ziemlich neben der Spur.

Völlig ungewöhnlich für mich, unternahm ich nun einen Streifzug in eine sehr weit entfernte Gegend. Durch unbekannte Gebüsche, über unbekannte Mauern rannte ich mit Riesensprüngen unaufhaltsam immer weiter. An Orten, an denen ich noch nie gewesen war, in einer Luft, die ich noch nie gerochen hatte, verspürte ich überhaupt keine Angst, obwohl ich hier sonst schon längst allen Mut verloren hätte.

Da ich nicht aufgepasst hatte, befand ich mich auf einmal im Revier einer anderen Katze.

Oh nein, diese Atmosphäre hier – das könnte gefährlich werden!

Als ich das dachte, war es schon zu spät. Vor mir stand ein Kater, der mich mit scharfem Blick musterte und mir den Weg versperrte. Ein streunender Kater, aber ein sehr großer. Er musste viel Futter erbeutet haben, was bewies, dass er sehr stark war. Auf seinem schwarz-weiß gefleckten Fell prangte an der Flanke eine große Narbe. Sein nach oben gereckter Schwanz machte am Ende einen Knick zur Seite.

Schlüsselschwanz – verpasste ich ihm insgeheim einen Namen.

Er musterte mich abschätzend.

Als ich einen Schritt auf ihn zu wagte, blickte er mich an, als wolle er mir sagen: Komm mir bloß nicht näher, sonst kannst du was erleben!

»Hör mal, jag doch mal was!«

Meine Stimme war auf einmal so zuckersüß, dass es mich selbst überraschte.

»Was?«, fragte er argwöhnisch.

Auf dem Schotter eines nahe liegenden Parkplatzes war ein Vogel mit einem langen Schwanz gerade dabei, irgendetwas aufzupicken.

Nach einem kurzen, beiläufigen Blick in diese Richtung setzte sich Schlüsselschwanz lautlos in Bewegung. Auf der Mauer pirschte er sich langsam immer näher an den Vogel heran. Kaum war er unter Anspannung all seiner Muskeln mit einem Satz von der Mauer heruntergesprungen, hatte er auch schon mit meisterhafter Präzision den Nacken des Vogels im Biss. Dieser schlug mit seinen Flügeln, versuchte sich zu befreien und kämpfte um sein Leben.

»Phänomenal!«

Anders konnte ich es nicht bezeichnen, es war schlicht atemberaubend. Ich war so aufgeregt, dass sich mir am ganzen Körper die Haare sträubten.

Der Vogel im Maul von Schlüsselschwanz hatte rasch sein Leben ausgehaucht. Schlüsselschwanz ließ die reglose Beute vor mir fallen.

»Das war doch nichts Besonderes. Wenn es dunkel wird, können Vögel nichts mehr sehen.«

Er sagte es, wie Eltern es ihrem Kind erklären würden. Da erst begriff ich, dass er viel älter war als ich.

»Ich bin Mimi. Und wie heißt du?«

»Ich habe keinen Namen.«

»Darf ich dich Schlüsselschwanz nennen?«

»Mach doch, was du willst!«

Er wandte sich um und ging los. Ich folgte ihm.

Ah, ich bin wirklich eine Katze, dachte ich. Mein Instinkt hatte tief in mir etwas ausgelöst und mich in Erregung versetzt.

In dieser Nacht wurde ich die Frau von Schlüsselschwanz.

Der Sommer neigte sich seinem Ende zu.

Auch am nächsten Tag traf ich Chobi, der nichts davon merkte, was mir in der Zwischenzeit widerfahren war.

Wir sahen eine seltsame Zikade, die schrill zirpte. Wir versuchten, sie nachzuahmen, was uns aber nicht gelang, weshalb wir laut lachen mussten.

Bisher hatte ich bei jedem Treffen zu Chobi gesagt: »Lass uns heiraten!«, heute jedoch war mir das kein einziges Mal über die Lippen gekommen. Schließlich verabschiedeten wir uns voneinander.

Wir verabredeten uns auch nicht für den nächsten Tag. Ohne auch nur ein Wort darüber zu verlieren, kehrte Chobi zu seiner Geliebten zurück.

Als ich ihm nachblickte, hing mein Schwanz ganz traurig herab.

*

In den letzten Tagen war Reina ungewöhnlich heiter und gelöst und schien meine Stimmung nicht mitzubekommen. Ich wusste nicht, wohin mit meinen Gefühlen und schlief sehr viel.

»Es scheint so, als hätte ich einen Job gefunden«, erklärte Reina gut gelaunt.

»In dem Design-Studio, in dem ich mein Praktikum mache, hat nämlich der Chef Gefallen an mir gefunden.«

»Er sagt, ich hätte Talent. Na ja, das wusste ich längst.«

»Die Arbeit dort scheint hart zu sein, aber vielleicht könnte ich dort anfangen …«

Reinas unerschütterliche Stärke fand ich betörend.

Ich hörte ihr zu und machte mir so meine Gedanken. Jede Katze hatte ihr eigenes Revier. Je nach Katze war das mal groß oder klein, aber in jedem Revier lebte nur eine Katze.

Bei den Menschen drängten sich mehrere in

einem Revier. Sie schienen zwar alle irgendwie freundlich zueinander zu sein, doch der Schein trog, denn faktisch herrschte immer nur ein Mensch über ein Revier.

Reina und die anderen, die Bilder malten, kämpften die ganze Zeit um ihre kleinen Reviere, viele, sehr viele wurden ausgesiebt, und nur diejenigen, denen es gelang, trotz alledem ihre Stärke unter Beweis zu stellen, überlebten.

Da Reina sehr stark war, hatte sie noch nie klein beigegeben.

Bei den Revierkämpfen der Menschen war auch seltsam, dass sie nach einiger Zeit gezwungen waren, gegen ihren Willen um andere Reviere zu kämpfen.

Früher gingen alle Reviere fließend ineinander über, aber in letzter Zeit gab es nur noch wirklich kleine Reviere, und sehr viele Menschen stritten sich offenbar um solche für ein bis zwei Personen.

Aber ich dachte, dass ich mir um Reina keine Sorgen machen müsse. Sie war so stark und voller Selbstbewusstsein, es war einfach undenkbar, dass sie einmal verlieren könnte.

4

Allmählich begann ein kühlerer Wind zu wehen, und es wurde Herbst.

Auch das Laub der wildwachsenden Bäume in der Umgebung des Mehrfamilienhauses, in dem Reina wohnte, verfärbte sich allmählich. Nur der Kampferbaum trug noch sein grünes Laub, doch seine runden Früchte hatten zu reifen begonnen.

Während ich durch das herabgefallene goldene und kupferfarbene Laub stapfte, atmete ich den Duft des Herbstes tief in mich ein.

Mein Leib hatte inzwischen einen stattlichen Umfang angenommen.

Dort, wo ich bisher einfach hatte durchschlüpfen können, blieb ich nun hängen, und Reina amüsierte sich darüber.

Ein starker Herbst-Taifun nahte.

Es war einer der Stürme, bei denen alles von Regen und Wind erfasst und in Tausende Teilchen zerschmettert zu werden drohte.

Schließlich holte Reina mich an diesem Tag in das alte Wohnhaus und verbrachte den Abend gemeinsam mit mir.

Es war eine Nacht, in der die Ängste aus meiner Katzenkinderzeit wiederaufzuleben schienen. Das alte Haus knarrte und quietschte, und Gegenstände prallten gegen die Fensterläden.

Selbst in dieser Situation blieb Reina die Ruhe in Person und malte hingebungsvoll an ihrem Bild.

Ich konnte die ganze Nacht nicht schlafen, doch als ich am Morgen den tiefblauen Himmel sah, begriff ich instinktiv, dass sich irgendetwas Entscheidendes verändert hatte.

Die Nachricht von Schlüsselschwanz' Tod überbrachte mir ein dicker schwarzer Kater, rund wie ein Fass.

Er stellte sich selbst mit dem Namen Kuro vor.

»Es heißt, du standest dem Typen nahe.«

»Dem Typen …?«

»Dem mit dem abgeknickten Schwanz. Den kennst du doch, oder?«

»Schlüsselschwanz?«

»Ach, so hast du ihn genannt? Dann bist du sicher die Richtige. Er hatte sich über den Namen echt gefreut. Es kommt nämlich nur selten vor, dass ein Streuner einen Namen erhält.«

Kuro hielt kurz inne.

»Er ist gestorben.«

»Ach, so ist das.«

Schlüsselschwanz lebte nicht mehr. Gefasst nahm ich diese Neuigkeit zur Kenntnis.

»Bist du nicht schockiert?«

»Ich hatte schon so eine Ahnung.«

Da die Welt sich so sehr verändert hatte, war ich innerlich bereits darauf vorbereitet gewesen, dass etwas passiert war.

»Daher gehört sein Revier jetzt dir.«

»Wie?«

Das überraschte mich nun doch.

»Warum? Werden sich nicht auch andere Katzen darum streiten?«

»In diesem Viertel ist das so geregelt«, erklärte Kuro, als wäre das ganz selbstverständlich.

»Dann weißt du ja nun Bescheid.«

Mit diesen Worten drehte er mir den Rücken zu.

»Äh … Danke!«

Ich wollte ihm für das Überbringen der Nachricht danken, aber er verstand es falsch.

»Das habe nicht ich bestimmt. Wenn du dich bedanken willst, dann geh zu John!«

»John …?«

»Das ist ein Hund!«

Flink und behände, wie man es ihm aufgrund seines Äußeren gar nicht zugetraut hätte, lief Kuro nach diesen Worten davon.

Ich war nicht traurig, sondern einfach nur unendlich und unerträglich müde, weshalb ich lange und ausgiebig in Reinas Wohnung schlief.

Sie war sehr oft nicht zu Hause.

Ein paar Tage später kam Kuro erneut vorbei.

»Vergiss nicht die Streifgänge in deinem Revier!«

Mehr sagte er nicht und verschwand auch gleich wieder.

Langsam streifte ich durch das Revier von Schlüsselschwanz. Eine stillgelegte Fabrik aus rostigem Blech. Ein fast versiegter Wasserlauf voller Müll. Von Abgasen pechschwarz verfärbte Betonwände.

Wohin ich auch schaute, bot sich mir ein einziger trostloser Anblick. Hier also hatte Schlüsselschwanz die ganze Zeit gelebt, ständig diese gottverlassene Gegend vor Augen.

In einer Ecke eines fast leeren Parkplatzes blühte eine einzelne zartrosa Cosmea.

Da begriff ich: Dies war bestimmt die Stelle, an der Schlüsselschwanz gestorben war.

Eine Traurigkeit, bei der ich in tausend kleine Teile zu zerfallen schien, überfiel mich. Ich wünschte mir so sehr, jetzt von Reina getröstet zu werden. Zugleich hatte ich jedoch das Gefühl, dass ich sie gerade jetzt nicht treffen durfte.

Ich war wirklich sehr schwach. Körperlich war ich zwar gewachsen, innerlich jedoch das kleine Katzenkind geblieben, und wenn Reina merkte, dass ich schwach und zu nichts nütze war, würde sie mich vielleicht aussetzen. So wie es die Familie getan hatte, bei der ich vorher zu Hause gewesen war.

Auch heute kam Reina nicht nach Hause. Wahrscheinlich war sie wieder bei ihrem Praktikum oder wie das hieß. Das kam mir sehr gelegen.

Ich machte es mir unter dem Vordach ihrer Wohnung bequem. Den schwachen Geruch ihrer Farben in der Nase, schlief ich tief und lange.

Als ein Auto vor dem Haus hielt, wachte ich auf. Ringsumher war es bereits völlig dunkel.

Aus Reinas Wohnung hörte ich ihre Stimme. Langsam machte sich bei mir Hunger bemerkbar. Glücklich kratzte ich an der Holzschiebetür. Normalerweise schaute Reina dann immer gleich heraus.

Aber diesmal gab es kein Anzeichen, dass sie gleich auftauchen würde.

*

Der Kerl hatte die ganze Zeit nicht auf meine Bilder, sondern nur auf meinen Körper gestarrt.

Anders als Miyu hatte er meine Bilder nicht einmal angeschaut.

Wenn ich genauer darüber nachdachte, war das wahrscheinlich von Anfang an sein einziges Interesse gewesen. Ich hatte mir das nur nicht eingestehen wollen, hatte mir eingebildet, dass ich bei ihm Anerkennung für mein Talent finden würde.

Der Chef hatte mich mit seinem Auto nach Hause gebracht. Während der Fahrt hatte er lediglich ein paar oberflächliche Phrasen von sich gegeben, und ich hatte ihm gutgelaunt zugehört.

Ich war wirklich eine Idiotin.

Und jetzt lag ich flachgelegt auf der Schlafcouch.

Von dem Duft des Parfüms, das der Chef benutzte, wurde mir speiübel.

Das hatte ich nicht gewollt.

Jetzt lag ganz klar auf der Hand, wonach ihm

der Sinn stand. Formal gesehen, hatte ich ihn eingeladen.

»Nimm dich vor ihm in Acht, er steht auf junge Mädchen!«

Die Worte der Designerin waren eine echte Warnung gewesen. Das begriff ich erst jetzt.

›Das gehört zur Arbeit. Wenn ich mache, was er will, bekomme ich vielleicht einen Job. So läuft das eben in zwischenmenschlichen Beziehungen.‹

Aber musste ich mir das gefallen lassen?

Nach diesen flüchtigen Gedanken kam in mir eine heftige Wut hoch.

Dass ich auch nur einen Augenblick hatte so denken können! Das würde ich mir nie verzeihen! Wie ich es auch drehte und wendete, mir selbst konnte ich nichts vormachen.

Seine süßlich duftende Hand begann meine Körperumrisse nachzuzeichnen. Vor lauter Angst und Scham war ich wie gelähmt und ließ es geschehen.

»Du bist so süß!«

Seine Worte waren mir so zuwider, dass mir eine Gänsehaut über den Rücken lief.

»Hören Sie auf!«

Die Hand des Chefs wanderte weiter.

»Fass mich nicht an!«

Kaum hatte ich das herausgeschrien, konnte ich mich wieder bewegen. Ich griff nach dem Nächstbesten und knallte es ihm ins Gesicht. Es war das Jackett, das er getragen hatte.

Als er zurückschreckte, versuchte ich, von der Schlafcouch aufzustehen, aber er warf sich von hinten auf mich.

»Ich hab doch gesagt: Fass mich nicht an!«

Ich drehte mich um und stieß ihm entschlossen meine Faust in die Magengrube.

Volltreffer! Ich hatte perfekt getroffen.

Er rollte von der Schlafcouch und riss dabei die aufgestapelten Bücher und die Staffelei um.

»Moment mal, Reina, das ist doch nicht dein Ernst! Oder?«

Sein obszönes Lächeln war ekelhaft und unerträglich. Jetzt hatte ich keine Angst mehr.

»Es ist mein voller Ernst! Verschwinde!«

Ich schleuderte ihm eine Zeitschrift, die ich zu fassen bekam, mitten ins Gesicht.

»Du scheinst da etwas missverstanden zu haben … komm, lass uns reden!«

Von diesem Lächeln würde ich mich kein zweites Mal täuschen lassen! Dass ich versucht hatte, einem solchen Typen zu gefallen! Ich fand mich selbst ganz erbärmlich.

Da lag die dreibeinige Staffelei, auf die ich immer meine Bilder stellte. Ich griff nach einem Bein, das sich gelöst hatte. Als er das sah, wich er rückwärts zurück und verließ meine Wohnung.

Mit dem Holzbein in der Hand sank ich zu Boden.

Die Wohnungstür öffnete sich. Kam der Typ etwa zurück? Mein ganzer Körper spannte sich an. Es war aber die Nachbarin, die hereinschaute.

»Reina, alles in Ordnung?«

Ihr stark geschminktes Gesicht wirkte auf einmal so unfassbar vertrauenerweckend auf mich, dass mir zum Heulen zumute war.

Dass ich nun auch noch kurz davorstand, in Tränen auszubrechen, befeuerte meine Wut.

Wie konnte dieser Kerl es wagen, mich zum Weinen zu bringen?

»Na warte!«

In Sandalen stürzte ich vor das Haus.

Der Chef stand an seinem Auto und rauchte. Sein heißgeliebtes Auto, mit dem er immer angab, Made in France oder wo auch immer. Was für eine unverschämte Pose!

Mit grinsendem Gesicht warf er mir einen flüchtigen Blick zu. Was hatte er wohl gedacht, das ich sagen würde, wenn ich zu ihm zurückkehrte?

»Na warte!«

Als er meine Miene sah, sprang er überstürzt ins Auto.

Mit voller Kraft trat ich wie wild gegen die Autotür. Es hörte sich grauenvoll an und hinterließ eine unübersehbare Delle.

Von dem Lärm angelockt, kamen die Bewohner des Hauses herbeigeeilt.

Der Chef startete durch und brauste davon. Er fuhr wohl ziemlich unkontrolliert und rücksichtslos. Hier und da hörte man lautes Hupen.

»Bravo, Reina!«, rief die Nachbarin, als würde sie einem Kabuki-Schauspieler zujubeln.

Von überall kamen Beifallsrufe, bis schließlich kräftiger Applaus aufbrandete.

»Das ist doch hier keine Volksbelustigung!«, schrie ich und kehrte in meine Wohnung zurück.

Hier roch es immer noch nach dem Typen. Ich wurde noch wütender auf mich und auf ihn. Was war ich doch für eine Idiotin gewesen!

Ich öffnete das Fenster, um frische Luft ins Zimmer zu lassen.

Mimi kam herein. Schweigend schmiegte sie sich an mich. Ihre Wärme tröstete mich mehr als alles andere.

»Mimi, bleib heute hier bei mir!«

Ich schlief mit ihr in meinem Bett.

Eine Zeitlang wollte ich an gar nichts mehr denken.

*

Die Jahreszeit wechselte, der Winter stand vor der Tür. Statt im Atelier Bilder zu malen, widmete sich Reina nun allen möglichen anderen Dingen.

Sie las Bücher, kelterte eigenen Obstwein und beschäftigte sich mit Handarbeiten. Da sie nie lange stillsitzen konnte, rührten sich ihre Hände von früh bis spät, aber Bilder malte sie nicht mehr.

Reina holte den *kotatsu* hervor, das kleine Heiztischchen mit der großen, warmen Decke, die über dem Tischgestell ausgebreitet wurde, und immer öfter lag ich darunter. Ständig war ich müde und kam einfach nicht dagegen an.

*

Das zweite Semester begann.

Aufgrund meiner zahlreichen Fehlstunden hatte ich in der Theorie den Anschluss verloren, und da ich auch wenig praktisch geübt hatte, konnte ich keine ordentlichen Arbeiten abgeben. Schließlich hatte ich während der Ferien keine einzige Hausaufgabe erledigt.

Da ich im Unterricht schlief, schickte der Dozent mich nach Hause. Das ließ ich mir nicht zweimal sagen.

Als ich gerade noch dabei war, vor dem Schulgebäude eine Dose Saft zu trinken, kam Miyu zu mir. Es schien mir, als hätten wir uns eine halbe Ewigkeit nicht mehr gesehen.

»Danke, dass du wieder zur Schule kommst!«

Sie stieß mit ihrer Kaffeedose an meine Saftdose. Es schepperte blechern.

»Weil ich dich wiedersehen wollte ...«

Sie lachte, aber ich meinte es ernst.

Den Vorfall mit dem Chef hatte ich in einer E-Mail an alle Mitarbeiter des Design-Studios beschrieben, aber in der Schule hatte ich kein Wort darüber verlauten lassen. Ich wusste also nicht, ob Miyu davon gehört hatte.

»Du hast zum Wettbewerb nichts eingereicht?«

Von Miyu darauf angesprochen, fiel er mir wieder ein. Die Frist war längst verstrichen.

»Von unserer Schule hat nur Masato teilgenommen. Er ist in deiner Klasse.«

Ach, der ... er hatte also etwas eingereicht?

»Er hat übrigens auch in dem Wettbewerb vor den Sommerferien einen Preis gewonnen. Professor Kiriya, ein Jury-Mitglied, hat ihn nun unter seine Fittiche genommen, wie es heißt.«

›Dieser Typ, da passt man mal kurz nicht auf und dann so was …‹

»Tatsächlich? Hat er's also geschafft.«

Das sollte eigentlich von Herzen kommen, aber zu einem Lächeln musste ich mich dann doch zwingen.

»Genau. Deshalb solltest auch du nicht aufgeben!«

Obwohl es nicht böse gemeint war, tat es weh.

»Hm.«

Ich seufzte tief.

»Irgendwie habe ich das schon verstanden. Lange Zeit hatte ich immer nur gedacht, ich habe Talent. Verwöhnt und verhätschelt von den Leuten in meiner Umgebung, hatte ich da etwas missverstanden. Ich bin noch lange nicht gut genug.«

Miyu hörte mir schweigend zu.

»Oho, ein Anfängerküken«, erklang plötzlich hinter mir eine tiefe Stimme. Ich drehte mich um.

»Herr Kamata!«

Da stand der schon etwas ältere Honorardozent, in der Hand eine Schachtel Zigaretten.

»Mischen Sie sich nicht in unser Gespräch ein!«

Ich starrte auf sein schütteres Kopfhaar und spielte mit dem Gedanken, es ihm auszureißen. Meine eigenen Unzulänglichkeiten kannte ich selbst gut genug.

»Aber wenn Sie es selbst schon gemerkt haben, gibt es noch etwas Hoffnung.«

Das war alles, was er sagte. Dann verschwand er im Raucherraum.

Wahrscheinlich war das eine Ermutigung allererster Güte. Aber meine Stimmung wollte sich nicht aufhellen.

Masato, der Typ, der hatte es richtig gemacht. Ich dagegen hatte nichts zustande gebracht.

*

Ich schmiegte meinen Körper sanft an den von Reina, die sich hingelegt hatte.

»Ich habe gegen ihn verloren … ach was sag ich da, verloren … ich habe ja nicht einmal gekämpft. Ich hatte ja gar nichts, was ich hätte einreichen können.«

Reina streichelte mich.

»Was wird wohl aus mir werden? Das Malen ist meine einzige Stärke. Mimi, alles, wirklich alles fällt auf einen selbst zurück. Die Worte, die ich Typen an den Kopf geworfen habe, von denen ich glaubte, dass sie nicht so gut seien wie ich, kommen alle zurück, zum Beispiel ›Du hast kein Talent‹ oder ›Hör auf zu malen!‹ – alles kommt zurück …«

Reina zitterte.

»Hilf mir, ich hasse mich so sehr. Ich halt das nicht mehr aus!«

Die Tränen, die ihr über die Wangen liefen, leckte ich vorsichtig mit der Zunge ab. Sie waren ganz warm. Sie schmeckten nach Reinas Leben.

Sie hatte ihre Stärke verloren. Seit langem zum ersten Mal wieder erinnerte ich mich plötzlich an Chobi.

5

Ich hatte Chobi ziemlich lange nicht mehr gesehen. Er war viel kleiner als in meiner Erinnerung. Aber vielleicht war ja auch nur ich selbst gewachsen.

Ohne sich um meine Unsicherheit zu scheren, begann Chobi wie ein Freund, mit dem er sich gestern erst getroffen hatte, zu mir zu sprechen.

»Ist schon gut, Mimi, alles ist gut.«

Chobi wiederholte diese Worte ein ums andere Mal.

»Woher weißt du denn, dass alles gut ist?«

Wenn Chobi vor mir stand, verfiel ich immer in einen koketten Tonfall.

»Es gibt keinen Menschen, der immer stark ist, aber auch keinen, der schwach bleibt.«

»Übrigens: Herzlichen Glückwunsch!«

Bei diesen Worten blickte Chobi auf meinen gerundeten Bauch.

Darin waren Katzenbabys. Kinder von Schlüsselschwanz.

Ich war schneller als Chobi erwachsen geworden.

Den Worten Chobis, denen ich sonst immer Glauben geschenkt hatte, konnte ich jetzt tief im Herzen nicht glauben. Ich war so unsicher und ängstlich, dass ich es kaum noch aushielt.

*

Ich begann, mich auf die Geburt vorzubereiten. Ich war jetzt zwar immer noch ich, aber nicht mehr ich allein. Es gab nun ein Ich und ein Wir. Ich war sehr schwach und musste Kräfte für den Moment der Geburt sammeln, der unweigerlich kommen würde.

Der Mut, gegen alle zu kämpfen, die versuchen würden, mir meine Kinder wegzunehmen, und die Angst vor dem, was sich in Kürze mit meinem Körper ereignen würde, vermengten sich und bildeten wilde Strudel, so dass ich mich selbst nicht mehr verstand.

Aber eine Sache lag mir sehr am Herzen.

Auf keinen Fall wollte ich Reina zur Last fallen.

Sie war im Moment sehr verletzt. Solange sie so schwach war, sollte sie sich keine Sorgen um mich machen müssen.

Je näher die Geburt rückte, desto mehr wurde mein Verhalten vom Instinkt gesteuert. Er war die Quelle meines Wissens, was zu tun war.

Ich verkroch mich in dem Gemeinschaftsschuppen des Mehrfamilienhauses. Zwischen Skiern und Stapeln von Wellpappe suchte ich mir hier und da Lumpen zusammen und baute mir daraus ein Lager. Die winterliche Kälte forderte ihren Tribut und hatte mich bereits meiner Energie beraubt.

Als die Wehen einsetzten, war ich fest davon überzeugt, dass meine Kräfte nicht bis zum Ende der Geburt reichen würden.

Ich war so klein und schwerhörig, das schwächste Kätzchen. Nur weil ich Mutter wurde, hieß das noch lange nicht, dass sich daran etwas ändern sollte.

Das erste Kätzchen wurde geboren. Ich öffnete die Fruchtblase, damit es atmen konnte. Als ich ein hauchzartes »Miau!« hörte, spürte ich, wie sich ein unermessliches Glücksgefühl meiner bemächtigte. Es lebte! Wie gut!

»… Mimi …«

Ich hörte die Stimme von Schlüsselschwanz.

Obwohl es ein so wichtiger Moment war, konnte ich wegen meiner Schwerhörigkeit nicht hören, was er sagte.

»Hey, was hast du gesagt?«

Da ich seine Worte verstehen wollte, versuchte ich, mich ihm zu nähern. Ehe ich mich versah, blühten rings um mich her zartrosa Cosmeen. Irgendwie dufteten sie ganz wunderbar.

Schlüsselschwanz entfernte sich immer mehr.

»Warte …«

In diesem Moment durchfuhr mich ein rasender Schmerz.

»Au!«

Irgendjemand biss mich in den Schwanz. Sowohl Schlüsselschwanz als auch die Cosmeen verschwanden. Ich fand mich in dem dämmrigen Schuppen wieder.

Chobi war derjenige, der mich in den Schwanz gebissen hatte.

»Warum bist du hier?«

Wut darüber, dass er in mein Revier eingedrungen war, wallte in mir auf.

»Ich rufe Reina«, sagte Chobi mit ruhiger Stimme.

»Misch dich nicht unnötig ein!«

Ich war so wütend, dass sich mir das Fell sträubte.

»Aber wenn wir nichts tun, bist du in Gefahr!« Er ignorierte mein Schimpfen und sprang durch den Schnee fort.

Ich schaffte es nicht, bis zuletzt stark zu bleiben.

Waren es die Wehen oder mein Herz, ich wusste es nicht, doch die Schmerzen waren unerträglich.

In einem solchen Zustand würde Reina mir bestimmt nicht helfen.

*

In letzter Zeit hatte sich Mimi nicht mehr blicken lassen. Vielleicht hatte auch sie mich verlassen.

Obwohl ich Dosen mit Katzenfutter für sie gekauft hatte und auf sie wartete.

Draußen vor dem Fenster kreuzte etwas Weißes meinen Blick.

Mimi?

Als ich die Tür öffnete, stand da ein weißer Kater mit einem Halsband. Ich erkannte ihn. Das war der Kater, den Mimi manchmal mitgebracht hatte. Als wolle er mich locken, rannte er auf einmal los.

Voll banger Vorahnung folgte ich ihm.

Dort hinten war der Gemeinschaftsschuppen unseres Hauses. Darin entdeckte ich ein zart miauendes frischgeborenes Kätzchen und die blutüberströmte Mimi.

»Wa…, was mache ich bloß?!«

Völlig fassungslos rief ich, da ich irgendetwas tun musste, einen Bekannten nach dem anderen an.

Der Erste, der ans Telefon ging, war Masato.

»Ich bin gleich da!«

Da ich nur zusammenhangloses ungereimtes Zeug stammelte, sprang er in ein Taxi und kam zu mir.

6

Schließlich kam der nächste Frühling.

Ein Mann namens Masato hatte mich und Reina in eine Klinik gebracht, wo die anderen Katzenkinder zur Welt kamen. Auf meinem Bauch prangte nun eine große Narbe. Damit sah ich etwas missgestaltet aus, hätte aber gut zu Schlüsselschwanz gepasst, fand ich.

Reina beobachtete ständig meine Kätzchen.

Sie durften auf keinen Fall ausgesetzt werden. Das würde ich nicht zulassen.

»Mimi, nun schau doch nicht so ängstlich! Wir finden bestimmt für jedes einen netten Menschen.«

Reina telefonierte in einem fort, und so, wie sie es versprochen hatte, fanden alle meine Kinder einen netten Menschen. Ich habe mich bei jedem Einzelnen selbst davon überzeugt. Wenn jemand kam, den ich nicht mochte, versteckte ich meine Kinder.

Reina hatte ein Bild von mir mit meinen fünf Kindern gemalt.

Wenn ich das Bild ansah, dachte ich darüber nach, ob es ihnen wohl gut ging.

Noch eine Sache hatte sich verändert. Nach der Geburt und der Sorge für die Katzenbabys blieb ich bei Reina. Ich war nun richtig bei ihr eingezogen.

Reina sorgte für mich.

Deshalb war ich ihre Katze.

Das Band
der
Freundschaft

1

Ich hatte einen Riesenstreit mit meiner besten Freundin.

Mari, die mir so lieb und teuer war. Seit der Grundschule waren wir unzertrennlich.

Kennengelernt hatte ich sie in der vierten Klasse. Da sie wegen einer schweren Krankheit ein Jahr in der Schule pausiert hatte, war sie ein Jahr älter als ich, aber das machte uns überhaupt nichts aus.

»Als ich dich kennenlernte, dachte ich, dass du genauso bist wie ich.«

Das erzählte Mari mir später. Da ich ganz genauso dachte, war ich überglücklich.

Sowohl in der Schule als auch zu Hause hockten wir ständig zusammen, und es dauerte nicht lange, da waren auch unsere Familien miteinander befreundet. Ich war ein Einzelkind, aber Mari war für mich wie eine richtige Schwester. Oder nein, denn wenn ich tatsächlich eine Schwester gehabt hätte, dann hätte ich mich mit ihr wahrscheinlich nicht so gut verstanden.

Vielleicht, weil wir beide immer zusammen waren, wurden wir uns sowohl äußerlich als auch charakterlich immer ähnlicher, was so weit ging, dass sowohl unsere Lehrer als auch unsere Eltern erklärten, sie könnten uns nicht mehr auseinanderhalten. Wir waren Zwillinge im Geist.

Wir hatten auch dieselben Lieblingsfächer (Kunst und Werken) und dieselbe Lieblingsfernsehsendung, bevorzugten dieselben Beilagen zum Reis und schwärmten für denselben Sänger, in nichts unterschieden wir uns. Es passierten aber auch Dinge, die selbst uns überraschten: Ein Musikstück, das Mari zufällig vor sich hin summte, hatte schon die ganze Zeit als Ohrwurm in meinem Kopf seine Runden gedreht. Warum ausgerechnet dieses Stück in Moll uns beiden in den Sinn kam? Wir lachten uns kringelig darüber.

Wir verliebten uns sogar in denselben Mann.

Dass wir uns trotzdem weiterhin gut verstanden, lag daran, dass der junge Mann, in den wir beide uns ernsthaft verliebt hatten, der Held in einem Manga war.

Begeistert erzählten wir uns gegenseitig, welche Seiten uns an ihm besonders gut gefielen. Wenn ich darüber sprach, wohin ich mit ihm gehen und wie ich am liebsten meine Zeit mit ihm verbringen würde, dann dachte sich Mari Worte des jungen Mannes aus, die er, wie sie mir erklärte, ganz bestimmt zu mir sagen würde.

Das machte Spaß, und so erlebten wir beide unsere Pubertät in einer Welt, die wir uns selbst geschaffen hatten.

Wir zeichneten auch gemeinsam Bilder für dieses Manga, in dessen Held wir uns verliebt hatten, denn auch dieses Hobby teilten wir, und wir schickten Fanbriefe an den Manga-Künstler. Als (sogar zwei!) Neujahrskarten von ihm eintrafen, sprangen wir vor Freude in die Luft.

Zuerst zeichneten wir einfach nur für den Manga-Künstler oder für unsere Eltern, denen wir unsere Manga-Bilder zeigten, aber mit der Zeit packte uns der Ehrgeiz und wir wollten immer bessere Bilder in immer perfekterer Qualität erschaffen. Wir zeichneten nun nicht mehr einfach nur die von anderen entworfenen Manga-Figuren ab, sondern begannen, unsere eigenen Figuren zu entwerfen.

Irgendwann begann Mari, sich Geschichten auszudenken, zu denen ich die Bilder zeichnete.

Sie wusste besser als ich, was ich zeichnen wollte.

Einmal kopierten wir ein gemeinsam produziertes Manga in einem rund um die Uhr geöffneten Supermarkt, hefteten die Seiten mit einem Tacker zusammen und versuchten, das Buch dann auf speziellen Manga-Events zu verkaufen. Es gab nämlich Events, auf denen man solche Bücher mitbringen und verkaufen konnte. Wir fanden zwar keinen Käufer, hatten aber viel Spaß.

Unser Berufsleben begannen wir dann allerdings in zwei unterschiedlichen Unternehmen. Mari kam jedoch nach wie vor jeden Tag zu mir nach Hause und wir sprachen über unsere Mangas und unsere Welt.

Das Buch, das wir im Supermarkt kopiert und gebunden hatten, gaben wir in eine Druckerei und ließen uns eine kleine Auflage herstellen, so dass wir nun noch mehr Bücher hatten, die wir verkaufen konnten.

Auf einem der Events, auf denen wir mit unserem Buch teilnahmen, sprach uns ein Verlagsmitarbeiter an. Er arbeitete in der Redaktion einer bekannten Manga-Zeitschrift.

Es hatte uns jemand entdeckt!

Wir freuten uns genauso wie damals, als wir

zum ersten Mal eine Antwort von jenem Manga-Künstler erhalten hatten.

Aber wenn ich jetzt darüber nachdenke, veränderten wir uns von jenem Zeitpunkt an auf eine befremdliche Weise.

Wir vereinbarten mit dem Verlagsmitarbeiter, ein Manga zu zeichnen, das wir dann der Redaktion der Manga-Zeitschrift vorlegen sollten. Aber dieses Manga wurde letzten Endes niemals fertig.

Eines Tages saßen Mari und ich in einem Chicken-Fastfood-Shop einander gegenüber.

»Es tut mir leid, Aoi«, entschuldigte sich Mari.

Ich aß schweigend und schlecht gelaunt weiter. Meine Finger trieften vom Fett des Hühnchens.

Mari hatte sich auf einmal außerstande gesehen, eine Geschichte zu schreiben. Weder zu der von mir festgesetzten Frist noch zur Deadline des Redaktionsmitarbeiters hatte sie eine neue Geschichte geliefert.

Ohne eine Geschichte konnte ich aber nichts zeichnen.

Bisher hatte Mari immer die Geschichten für mich geschrieben. Jetzt aber sollte sie eine Geschichte für unbekannte Leser, das heißt für jemanden, der vage und gesichtslos blieb, verfassen.

Ich war davon ausgegangen, dass sie nicht nur für mich, sondern auch für andere, egal wen, schreiben konnte. Daher nahm ich an, dass ihre Erklärung, nichts schreiben zu können, vorgeschoben und sie einfach nur faul gewesen war.

Auch ihre Entschuldigung, dass es ihr nicht gut ginge, hielt ich lediglich für eine Ausrede.

Als Mari sich nicht mehr hatte blicken lassen, war ich unruhig und nervös geworden, weil ich spürte, wie uns die einmalige Chance eines Debüts zwischen den Fingern zerrann.

Mit leiser Stimme brachte Mari nun ihre Gründe vor und bat mich um Verzeihung, doch zum ersten Mal in meinem Leben war ich richtig wütend auf sie.

»Ich wünschte, du wärst tot!«

So schreckliche Worte warf ich ihr an den Kopf.

Mari hörte sie sich schweigend an. Ihr blasses Gesicht in diesem Moment werde ich niemals vergessen.

Denn am nächsten Tag wurden meine Worte wahr.

*

Die kälteste und grausamste Jahreszeit des ganzen Jahres begann. Es gab weniger Beute und daher weder sättigende Mahlzeiten noch Kalorien, und zusätzlich zehrte auch noch die Kälte erbarmungslos an den Kräften.

Im Winter starben die Schwächeren zuerst.

Wie oft hatte Kuro diese Jahreszeit wohl schon überstanden? Er wusste es nicht mehr.

Als er langsam und schwerfällig loslief, wogte das durch sein dichtes Fell geschützte dicke Fett unter seiner Haut. Egal, was für eine Figur er damit machte, es bewahrte ihn vor der Kälte.

Er erinnerte sich nicht mehr daran, welche Farbe sein Fell ursprünglich einmal gehabt hatte. Jetzt war es eine Mischung aus vielen Nuancen zwischen Schwarz und Tiefbraun.

Bei dieser Kälte waren auch die Streifzüge durch das Revier eine beschwerliche Angelegenheit.

»Ich bin alt geworden ...«, grummelte er in seinen Bart, aber es war keine Katze in der Nähe, die ihm hätte zuhören können. Seit dem Tod von Schlüsselschwanz war Kuro in dieser Gegend der stärkste streunende Kater. Es gab auch keine Katzen mehr, die sich mit ihm paaren wollten.

Als Boss war man einsam. Andere Katzen näherten sich Kuro nur selten. Gelegentlich forderte ein mutiger Kater den Boss heraus, um mit ihm um die Vormachtstellung im Revier zu kämpfen, um dann aber geschlagen den Rückzug anzutreten.

Kuros Gesicht war narbenübersät, doch sowohl sein Hinterteil als auch sein Schwanz waren unversehrt wie bei einer zahmen Katze. Noch nie hatte er einem Gegner seinen Rücken zugewandt.

Sein Revier war weitläufig. Darüber hinaus musste er auch in den Revieren anderer Katzen nach dem Rechten sehen. Darum hatte ihn der Hund John gebeten. Ihm war Kuro zu großem Dank verpflichtet.

Da Kuro keinen festen Futter- und Schlafplatz hatte, war das ganze Viertel sein Zuhause.

»Womit könnte ich heute Mittag meinen Hunger stillen …?«

In seiner Vorstellung reihten sich diverse Menüs aneinander: Futter aus der Dose, das eine betagte Katzenliebhaberin im Park anbot, das China-Restaurant mit dem offenen Durchgang, die verbeulte Mülltonne hinter dem italienischen Restaurant … Oder sollte er sich heute seit längerem einmal wieder für das knusprige Trockenfutter bei den beiden jungen Frauen entschließen?

Kaum hatte er sich dafür entschieden, lief er los.

Je weiter Kuro sich vom Bahnhof entfernte, desto breiter wurden die Straßen. Auch gab es immer weniger hohe Gebäude. Er lief zwischen Bäumen hindurch, deren Laub bereits vollständig herabgefallen war. Ein schintoistischer Schrein kam in Sicht.

Dahinter standen reihenweise unzählige Fertighäuser völlig gleichen Aussehens. Um welche Ecke man auch bog, welche Straße man auch überquerte, überall bot sich einem der gleiche Anblick, so dass einem schwindlig werden konnte. ›Deshalb also kommen keine anderen Katzen hierher‹, überlegte Kuro.

Zu einem dieser Fertighäuser kam er hin und wieder.

Allerdings war er zum letzten Mal im Sommer hier gewesen. Das lag also schon länger zurück. Er war immer seltener gekommen, weil er die Revierkämpfe der jungen Katzen nicht aus den Augen lassen durfte.

Beim letzten Mal war der Rasen noch grün gewesen, jetzt war er völlig verdorrt. Das Laufen über das knisternde Gras war jedoch eine viel sinnlichere Erfahrung als das Laufen über frisches Grün.

Nachdem Kuro dieses Gefühl unter seinen Pfoten ausgiebig genossen hatte, kletterte er auf die Kunststeinmauer zwischen zwei Häusern und wechselte mit einem Sprung auf das Plastikdach des Carports. Von dort gelangte er auf den Balkon im Obergeschoss.

Dort lagen leere Blumentöpfe, verrostete Gartenscheren und Geräte für die Gartenarbeit herum. Zwischen einer verschrumpelten Sukkulente und dem Außengerät einer Klimaanlage stand eine Aluminiumschale.

Kuro sprang auf das Gerät und versuchte, ins Zimmer zu spähen. Der Vorhang mit einem Muster aus großen Blumen war zugezogen. Als Kuro sich an das Fenster lehnte, stellte er fest, dass die Scheibe ungemütlich kalt war.

»Miau! Miau!«, versuchte er es mit schmeichelnder Stimme. Wenn andere Katzen das mitbekamen, war sein Ruf als Boss ruiniert, doch die Wahrscheinlichkeit, dass jetzt auch nur eine in dieser Gegend aufkreuzte, ging gegen null.

Als er die in einen Metallrahmen gefasste Scheibe berührte, blieben Abdrücke seiner Ballen auf dem Glas zurück. In den Ecken des Rahmens hatte sich Staub angesammelt. Das Fenster schien lange nicht mehr geöffnet worden zu sein. Auch die Pflanzen auf dem Balkon waren völlig verwahrlost.

»Nicht da …?«

Immer wenn er gekommen war, hatten die beiden jungen Frauen, die hier wohnten, ihm Futter gegeben …

Kra-krah, schrien die Krähen, als wollten sie sich über ihn lustig machen, was ihn zutiefst erboste. In der Aluminiumschale hatte sich schmutziges Regenwasser angesammelt. Es sah auch nicht danach aus, als sei jemand vor ihm hier gewesen.

Er gähnte herzhaft, und wartete dann noch eine Zeitlang, da er so schnell nicht aufgeben wollte. Nichts aber deutete darauf hin, dass die beiden jungen Frauen doch noch auftauchen würden. Nun war er seit so langer Zeit einmal wieder hierhergekommen, aber offenbar leider umsonst.

»Es ist ja auch nicht so, dass ich nichts zu tun hätte …«

Schließlich zog Kuro mit immer noch leerem Magen los, um durch das nächste Revier zu streifen.

*

Das laute Gekrächz der Krähen hatte mich geweckt. Die Temperatur im Zimmer war gestiegen. Hinter dem dicken Vorhang mit dem großen Blumenmuster spürte ich die Sonne.

Im ersten Augenblick hätte ich nicht sagen können, ob es Morgen oder Abend war. Im großen Wandspiegel sah ich mich, wie ich aus dem Bett kroch. In einem ausgeleierten Pyjama, von dem ich nicht mehr wusste, wie viele Tage ich ihn schon trug. Mein Haar war ungekämmt und in einem schrecklichen Zustand. Meine Eltern waren längst bei der Arbeit, und im ganzen Haus herrschte Ruhe.

Da ich Hunger verspürte, stieg ich ins Erdgeschoss hinab und betrat die Küche.

Auf dem Tisch fand ich ein in Zellophan eingewickeltes Sandwich vor, hatte aber keinen Appetit darauf und öffnete den Kühlschrank. Darin entdeckte ich eine Packung Eclairs.

Lecker war lediglich der erste Bissen. Das Eclair war so süß, dass mir schlecht davon wurde, weshalb ich schließlich über die Hälfte wegwarf.

Draußen krächzten noch immer nervend die Krähen. Es schien mir, als hätte ihre Zahl noch zugenommen. Ob sie wohl scharenweise im Müll nach Beute suchten? Vielleicht hatte ja jemand seinen Abfall zu nachlässig entsorgt. Mir fehlten jedoch die Kraft und die Energie, um hinauszugehen und nachzuschauen. Schon lange war ich nicht mehr draußen gewesen.

Ich schleppte mich wieder die Treppe hoch.

Kaum hatte ich mich aufs Bett geworfen, zog ich mir die Decke über den Kopf und schlief wie ein Embryo mit angezogenen Armen und Beinen wieder ein.

Klingeling, läutete ein Glöckchen.

Mari als Grundschülerin war in meinem Zimmer.

An dem geflochtenen, farbenfrohen Armband, das sie um ihr Handgelenk gebunden hatte, hing ein Glöckchen. Richtig, Freundschaftsbänder hießen diese Bänder. Sie aus Stickgarn zu häkeln, war damals gerade in Mode. Mari war sehr geschickt darin, ich jedoch nicht. Trotzdem trug Mari gern das von mir gehäkelte Freundschaftsband. Es hieß, glaube ich, dass ein Wunsch in Erfüllung geht, wenn das Band reißt.

»Mari, verzeih mir!«

Ich griff nach ihrer kleinen Hand und bat sie um Vergebung. Klingeling, läutete das Glöckchen.

»Wir können es ohnehin nicht mehr ändern, Aoi.«

Mari lächelte mich liebevoll an.

Ich war erleichtert und bekam Durst. Unversehens änderte sich die Szenerie. Auf einmal befand ich mich in der Teeküche der Firma meiner ersten Arbeitsstelle und hielt eine Tasse in der Hand. Der hintere Teil des Raumes lag im Halbdunkel und ich wusste, dass sich dort lauernd etwas verbarg. Trotzdem schaffte ich es nicht, die Teeküche zu verlassen.

»Aoi!«

Die kleine Mari kam, um mir zu helfen.

»Mir passiert nichts! Lauf weg, Aoi!«

Mari sprang in das Halbdunkel. Vor lauter Angst rannte ich davon.

Ich ließ sie einfach im Stich.

Die Szenerie wandelte sich. Nun befand ich mich in einem ausgetrockneten Pool. Sein Boden war vollständig mit winzigen Badezimmerkacheln gefliest, spärlich tröpfelte Wasser, hier und da lagen aufgerissene Mülltüten herum, aus denen Küchenabfälle quollen.

Da ich Mari im Stich gelassen hatte, war ich schließlich an diesen Ort geraten.

»Vergib mir, Mari!«

Klingeling, läutete das Glöckchen.

»Aoi!«

Ich erblickte Mari, die auf einem Sprungbrett saß.

»Du kannst ruhig fliehen, Aoi«, sagte sie und lächelte.

»Mari, …«

Sie hatte mir vergeben. Doch während in mir das Gefühl aufkam, erlöst worden zu sein, ahnte ich auch schon, dass das alles gar nicht wahr sein konnte. Denn das war doch nicht wirklich das, was Mari dachte und fühlte! Nein, es war ein Traum, den mir mein Herz vorgaukelte, um mich zu schützen. Und ich wusste das.

Auf dem Grund des Pools lag nasses Zeitungspapier, das sich raschelnd wie ein Lebewesen bewegte.

Aus seinem Innern drang Krähengekrächz, und ich wachte auf.

Draußen krächzten die Krähen.

Im Traum hatte ich Mari treffen können.

Sie war aber nicht mehr auf dieser Welt.

»Ich wünschte, du wärst tot!«

Einen Tag, nachdem ich ihr diese Worte entgegengeschleudert hatte, war Mari wegen akuten Herzversagens von dieser Welt gegangen.

Maris Mutter hatte mit Maris Handy meine Mobilnummer gewählt und mir erklärt, was passiert war. Akutes Herzversagen war weder eine Krankheitsbezeichnung noch eine Todesursache. Es bedeutete lediglich, dass ihr Herz aufgehört hatte zu schlagen. In diesem Zustand hatte man sie gefunden.

Mari hatte schon immer ein schwaches Herz gehabt.

Aber das hatte ich gewusst. Bestimmt hatte ich sie umgebracht.

Sofort wollte ich zu ihr rennen, aber kaum hatte ich einen Schritt vor die Tür gesetzt, überfiel mich ein Gefühl, als drückte es mir das Herz ab, und die Luft blieb mir weg. Mir wurde schwarz vor Augen wie bei Blutarmut und ich konnte nicht wieder aufstehen.

Es hieß dann, ich habe eine weit verbreitete Krankheit, aber der Name der Krankheit war mir egal.

Seitdem konnte ich keinen einzigen Schritt mehr aus dem Haus gehen.

*

Als ich begann, die Tischplatte des *kotatsu* zu erobern, kam Mama langsam unter der großen Steppdecke hervor, die ausgebreitet über dem Gestell mit der Heizung lag und eine kuschlige Höhle bildete. Auf der Decke lag die Tischplatte. Mama rollte sich auf der Decke zusammen, die an allen vier Seiten bis auf den Fußboden reichte. Es gebe nämlich nichts Schöneres, so erklärte sie mir, als sich oben auf der Decke abzukühlen, nachdem man sich unter dem *kotatsu* aufgewärmt habe, und sich erneut darunter zu verkriechen, wenn einem wieder kalt geworden sei.

»Mama, guck mal!«, rief ich ihr zu, während sie auf der Decke herumrollte.

»Ich gucke doch, Cookie!«

Barthaare und Ohren aufgestellt, hatte sie mich fest im Blick.

Ich bin Mamas Kind und heiße Cookie. Mein weißes Fell hat schokoladenfarbene Streifen, und da das Muster an Marmor-Cookies erinnert, hatte Reina mir diesen Namen gegeben. Ich weiß zwar nicht, was ein Cookie ist, aber bestimmt etwas Hübsches.

»Ich springe jetzt!«

Trotz dieser Ankündigung musste ich mich doch erst einmal innerlich darauf vorbereiten.

Auf der Tischplatte hin und her laufend, streckte ich meinen Kopf über den Rand und zog ihn wieder zurück. Dabei sammelte ich nach und nach die notwendige Energie für den Sprung.

Unter Aufbietung all meiner Kräfte sprang ich endlich.

Plumps!, landete ich neben Mama auf der Decke.

»Ich hab's geschafft! Das macht Spaß!«

Mama freute sich.

»Super! Gut gemacht, Cookie!«

Mama packte mich und leckte und putzte mit ihrer Zunge meinen ganzen Körper. Das kitzelte und war höchst angenehm. Ich schnurrte wohlig.

»Bestimmt schaffe ich es irgendwann einmal, von noch viel höheren Stellen herunterzuspringen«, erklärte ich, während ich meinen Hinterkopf an Mama rieb.

»Klar schaffst du das!«

»Auch von einem ganz hohen Schrank oder vom Dach, von überall kann ich dann springen!«

Ich war mir absolut sicher, dass ich das meistern würde.

In diesem Zimmer gab es überall wunderbare Gelegenheiten zum Springen. Reinas Malutensilien, aufgestapelte Zeitschriften, der stets offen stehende Einbauwandschrank. Von nun an wollte ich mit Mama einen Ort nach dem anderen erobern.

»Ja, das machen wir!«

Wieder leckte Mama mich ab.

Ich hatte vier Geschwister, alle hatten schon ein neues Zuhause gefunden. Nur ich war noch in Reinas Wohnung geblieben. Da ich die Kleinste und andauernd krank war, wollte niemand mich nehmen. Es stimmte mich zwar traurig zu hören, dass niemand mich haben wollte, aber andererseits war ich auch überglücklich, so lange bei Mama bleiben zu dürfen.

Als ich mit ihr zusammen Springen übte, blies auf einmal ein kalter Wind herein. Die Wohnungstür war aufgegangen.

»Ich bin wieder da!«

Es war Reina.

*

Als ich in meine Wohnung zurückkehrte, kam Cookie direkt hinter Mimi auf mich zu getapst.

Mimi schnupperte an mir und rieb ihren Hinterkopf an meinem Bein.

»Rieche ich nach draußen?«, fragte ich.

Cookie ahmte Mimi nach und schnupperte ebenfalls an mir.

Katzenkinder sind, ehrlich gesagt, einfach unwiderstehlich süß. Als ich Cookie sah, schwankte mein Entschluss, aber ich durfte diesem Gefühl nicht nachgeben.

Mit Cookie und Mimi im Schlepptau setzte ich mich an den *kotatsu*.

»Ich habe ein Zuhause für Cookie gefunden.«

Sie würden es schon verstehen. Mimis Fell sträubte sich.

Vielleicht wollte Mimi sich ja für immer um die schwache und kleine Cookie kümmern. Aber als Alleinstehende zwei Katzen zu halten, war schon ziemlich schwierig. Tagsüber war ich in der Fachschule, demnächst standen die Aufnahmeprüfungen für die Kunsthochschule an, und manchmal musste ich übers Land fahren.

»Hör mal, Mimi! Es ist ganz in der Nähe, da kannst du Cookie jederzeit besuchen!«

Mimi ignorierte meine Worte, packte Cookie am Genick und kroch mit ihr unter den *kotatsu*.

»Miau«, erklang Cookies Stimme unter dem Tisch. Sie verstand sicher noch nicht, worum es ging.

Mimi kam wieder hervor und schlug mit ihrer Pfote auf mein Bein.

Sie schien damit sagen zu wollen:

»Für dieses Kind ist es noch zu früh, um auf eigenen Pfoten zu stehen.«

Am Abend des nächsten Tages kam die Frau, die Cookie aufnehmen wollte, zu mir. Sie wohnte in der Nachbarschaft. Meine Großmutter, die mir wirklich immer half, hatte sie ausfindig gemacht.

Vom Alter her war die Frau zwischen meiner Mutter und meiner Großmutter. Sie war sehr geschmackvoll gekleidet.

Als ich ihr Mitbringsel sah, musste ich unwillkürlich lachen.

»Das Kätzchen heißt Cookie.«

»Tatsächlich?«

Die ältere Dame lächelte anmutig. Ihr Mitbringsel waren Cookies.

»Tja, dann werde ich es also auch Cookie rufen.«

»Nun, das steht Ihnen frei.«

»Der Name gefällt mir. Ist doch süß – Cookie.«

Ich war froh, dass sie ein so sympathischer Mensch war.

»Sie hatten schon einmal eine Katze, nicht

wahr?«, fragte ich vorsichtshalber noch einmal nach, während ich ihr Tee einschenkte.

»Ja, als meine Tochter noch klein war ... vor mittlerweile zehn, oder nein, schon fast zwanzig Jahren. Als die Katze starb, hat meine Tochter sehr geweint, weshalb ich dachte, wir würden nie wieder eine Katze halten, aber ...«

»Das beruhigt mich sehr, dass es nicht Ihre erste Katze ist.«

In den nagelneuen Käfig, den die ältere Dame mitgebracht hatte, legte ich Cookies Lieblingsdecke und eine Plastiktüte mit Katzenstreu. Neugierig schnupperte Cookie am Käfig, um dann von sich aus hineinzukrabbeln. Es war ein pflegeleichtes Kätzchen.

Die ältere Dame ging in die Hocke und schaute Mimi ins Gesicht.

»Ich nehme deine Tochter mit, verstehst du?«

In Mimis Blick lag Feindseligkeit. Rasch nahm ich sie auf den Arm. Ihr Schwanz war aufgeplustert, was mir zeigte, dass sie ziemlich wütend war.

»Ich bin sehr froh darüber, dass du zu mir kommst«, sagte die Dame zu Cookie, die nun verblüfft im Käfig hockte.

Mimi sprang von meinen Armen, um sich auf

dem Kratzbrett eifrig ihre Krallen zu wetzen, offenbar, um die sie quälenden Gefühle loszuwerden.

Nachdem die Dame die wichtigsten Informationen, was Lieblingsfutter und Sauberkeitserziehung betraf, erhalten hatte, verließ sie mit Cookie die Wohnung.

»Miau!«, rief Mimi.

»Ich werde dich besuchen, Cookie!«

»Miau, Miau«, antwortete Cookie mit trauriger Stimme.

»Ganz bestimmt, Mama! Versprochen, ja, Mama?«

Mir kam es so vor, als würden sie dies zueinander sagen.

Damit hatte das letzte Katzenkind meine Wohnung verlassen.

»Nun ist sie weg.«

Zärtlich streichelte ich Mimis Rücken.

2

»Es ist so still …«

Dort, wo ich vorher gewohnt hatte, war es lebhafter zugegangen, stets hatte sich entweder Reina oder Mama um mich gekümmert. Sowohl die Dame, die mich aufgenommen hatte, als auch ihr Mann verließen am frühen Morgen das Haus und kamen erst spätabends wieder zurück.

Da ich so allein war, hatte ich nach meiner Ankunft hier eine Zeitlang fast nur geweint, aber irgendwann hatte ich mich an das Alleinsein gewöhnt, und schließlich erwachte sogar Entdeckerlust in mir.

Eine Zeitlang vergnügte ich mich damit, die Treppe hoch und runter zu laufen. In Reinas Wohnung hatte es keine gegeben, und diese Treppe hier war wirklich überaus interessant.

Dann trank ich Wasser und fraß jnuspriges Trockenfutter, um mir schließlich einen Ort zu suchen, an dem ich mich schlafen legen konnte.

In der Hoffnung, ein sonnenbeschienenes Plätzchen zu finden, erkundete ich das Obergeschoss
des Hauses.

Als ich durch eine halb offen stehende Tür ein
Zimmer betrat, in dem kein Licht angeschaltet
war, blieb mir fast das Herz stehen.

Denn dort saß eine Menschenfrau.

Ich sträubte mein Fell und sprang mit einem
Satz rückwärts, indem ich mich mit allen vier Pfoten vom Boden abstieß. Das ging natürlich nicht
lautlos vonstatten und erregte die Aufmerksamkeit der Menschenfrau. Ihr langes Haar hatte sie
einfach zusammengebunden und ihre Kleidung
ähnelte der von Reina, wenn sie schlafen ging.

Die Vorhänge mit dem großen Blumenmuster
vor dem Fenster waren zugezogen. Trotzdem
drang Sonnenlicht hindurch und tauchte den
Raum in diffuses Licht.

Ganz langsam drehte sich die Frau zu mir um
und sagte:

»Geh wieder!«

Dennoch fasste ich mir ein Herz und fragte:

»Wer bist du?«

Aber sie erwiderte nur: »Geh wieder!«

Im Zimmer herrschte eine ähnliche Atmosphäre wie in Reinas Zimmer. Nur gab es hier mehr Bücher und andere Dinge.

Um ihren Geruch zu erschnuppern, näherte ich mich ihr. Sie roch nach Beute. Nach einem geschwächten, entkräfteten Wesen auf der Seite der Gejagten.

Sie berührte mich. Im selben Augenblick hatte ich das Gefühl, dass sich ihr Leid auf mich übertrug, denn an der Stelle, die sie berührt hatte, spürte ich einen brennenden Schmerz.

Krah!

Vor dem Fenster hob lautes Krächzen an, weshalb ich erneut mit allen vier Pfoten rückwärts sprang. Hinter dem Vorhang war nicht nur Flügelschlagen zu hören, sondern auch die Silhouette eines riesigen Vogels zu erkennen.

Ich erschrak noch mehr und rannte wie wild kreuz und quer durch das Zimmer. Egal wo, ich brauchte ein Plätzchen zum Verstecken! Unter dem Schreibtisch, hinter der Heizung, ich raste mit Höchstgeschwindigkeit zwischen den Zeitschriftenstapeln hin und her.

»Hör auf!«, schrie sie mit heiserer Stimme.

Ich kletterte auf den höchsten Schrank, um dort oben meinen Schwanz so richtig aufzuplustern.

»Mein Zimmer …«

Sie bedeckte ihr Gesicht und begann zu weinen.

Warum weinte sie nur?

Ehe ich mich versah, war die Silhouette des Vogels verschwunden. Puh, war das gefährlich gewesen! Um mich wieder zu beruhigen, begann ich mich zu putzen.

Ich entdeckte, dass sich ein hübsches Band um meine Pfote gewickelt hatte. Es war mit einem silbernen Glöckchen versehen und bildete eine Schlaufe. Offenbar hatte sich meine Pfote beim Umherflitzen darin verfangen.

Langsam kletterte ich vom Schrank herunter und näherte mich der weinenden Frau.

Klingeling!

Bei jedem Schritt klingelte das Glöckchen. Wie lästig!

»Hör mal, kannst du mir das nicht abnehmen?«

Sie hörte auf zu weinen, sah mich an, griff nach dem Band mit dem Glöckchen und begann noch heftiger zu weinen als zuvor.

Ich verstand überhaupt nicht, warum.

»Danke! Danke, dass du es gefunden hast!«

Sie umarmte mich und schloss dabei nun ganz entspannt ihre Augen. Das beruhigte mich ungemein.

»Meine kleine Cookie!«

»Miau«, antwortete ich.

»Cookie, ich bin Aoi. Lass uns Freunde werden!«

Danach gab sie mir Wasser.

*

Während ich das Freundschaftsband in meiner Hand betrachtete, glaubte ich zu träumen.

Ich war dagegen gewesen, eine Katze aufzunehmen. Zum einen hatte ich geglaubt, ich könnte es nicht ertragen, wenn sie meine Mangas ruinierte, zum anderen wollte ich es nicht, weil so leicht zu durchschauen war, dass sie helfen sollte, meine Krankheit zu heilen. Denn wenn ich zugab, krank zu sein, dann drohte ich wirklich krank zu werden.

Aber nun hatte dieses Katzenkind Cookie Maris Freundschaftsband gefunden, das sie vor langer Zeit in meinem Zimmer verloren hatte.

Cookie schleckerte hingebungsvoll das Wasser.

Mari hatte Katzen geliebt.

Ach ja, der Anlass für Maris ersten Besuch bei mir zu Hause war gewesen, dass sie meine Katze sehen wollte. Die Katze Jessica, die meine Eltern bereits seit der Zeit vor meiner Geburt hatten, war schon Großmutter und hatte stets die Ruhe weg. Ich weiß noch, wie Mari und ich herzzerbrechend weinten, als Jessica starb, und wir beide mit zum Krematorium fuhren.

Danach wollte meine Mutter keine zweite Katze, doch Mari und ich versuchten, streunende Katzen in unserer Gegend durch Füttern an uns zu gewöhnen.

Schließlich kam auch ein sehr großer, schmutziger Kater zu uns. Er kam immer wieder und ließ sich auf unserem Balkon das knusprige Trockenfutter schmecken, das wir ihm gaben. Er hatte eine sehr energische Art zu essen, das war echt sehenswert.

»Danke, Cookie!«

»Miau!«, antwortete sie.

*

Aois Haus war zweigeschossig. Sie und ihre Eltern lebten zu dritt darin. Ihr Vater hatte kaum Interesse an mir. Auch ich interessierte mich nicht für ihn. Ihre Mutter war die Dame, die mich ins Haus geholt hatte. Da sie mich richtig grüßte, maunzte ich auch, wenn ich Lust dazu hatte. Sie kam mittags kurz nach Hause, um Aois Essen zuzubereiten, und eilte dann wieder davon.

Aoi stand gegen Mittag auf und aß schweigend. Davor bereitete sie mein Futter zu.

Deswegen fand ich, dass sie meine Herrin war und ich ihre Katze.

Aoi blieb den ganzen Tag zu Hause, und oft machte sie ein Gesicht, bei dem man nicht wusste, ob sie schon tot oder noch lebendig war. In ihrem Zimmer gab es lauter Dinge, mit denen man Spaß hätte haben können, aber kein einziges Mal sah ich sie damit spielen.

Auch wenn ich sie zum Spielen einlud, schaute sie mich nur geistesabwesend an und wollte einfach nicht mitmachen.

Trotzdem versuchte sie niemals mehr, mich hinauszuwerfen.

Die meiste Zeit lag sie mit geschlossenen Augen auf ihrem Bett und schlief fast genauso viel wie wir Katzen. Im Unterschied zu uns vergoss sie hin und wieder Tränen. »Wenn man immerzu weint, bekommt man Tränenrinnen unter den Augen und sieht dann ganz hässlich aus«, hatte meine Mama mir beigebracht. Für alle Fälle hatte ich das auch Aoi erklärt, aber ich wusste nicht, ob sie mich verstanden hatte.

Ich konnte mir auch nicht erklären, warum sie so tief betrübt war.

Hin und wieder bekam ich Sehnsucht nach meiner Mama und weinte, aber ich war nicht wie Aoi immerzu nur traurig.

Wenn ich sie sah, hatte ich manchmal das Gefühl, kaum Luft zu bekommen.

In ihrem stillen Zimmer versuchte ich, keinen Mucks von mir zu geben. So verbrachte ich den ersten Winter meines Lebens.

3

Im Handumdrehen wurde es Frühling.

Den ganzen Winter über konnte ich nachts überhaupt nicht schlafen. Ständig dachte ich darüber nach, das Haus zu verlassen, sobald der Morgen graute, und wollte es auch, aber kaum war die Sonne aufgegangen, überfiel mich schon allein bei dem Gedanken daran Panik. Was sollte ich nur tun, wenn mich ein so heftiger Schmerz überwältigte, als würde mir das Herz abgeschnürt? Oder wenn mir die Luft wegblieb? Allein der Wunsch, aus dem Haus zu gehen, lähmte mich ja schon. Und Todesangst überkam mich.

Trotzdem wollte ich nach draußen. Daher begann ich, die Dinge, die ich zu Hause machen konnte, zu reduzieren. Wenn es nichts mehr zu tun gab, würde ich vielleicht ins Freie gehen können.

Ich entsorgte mein Handy, meinen Fernseher, meine Bücher und Mangas.

Obwohl es nun nichts mehr gab, das mich fest-hielt, gelang es mir immer noch nicht, das Haus zu verlassen.

Mari und auch meinen Eltern gegenüber tat es mir unendlich leid, und ich machte mir ständig Vorwürfe.

In letzter Zeit aß ich immer häufiger allein. Ich wollte nicht, dass irgendjemand mich sah.

Einzig meine Ungeduld wuchs und drohte mich zu ersticken, doch es half alles nichts.

Auch in meinen Träumen erschien mir Mari nicht mehr.

Sogar ihr Geist hatte mich verlassen.

*

Es wurde Frühling, und die Kirschbäume blüh-ten. So etwas Schönes sah ich zum ersten Mal.

Selbst Aoi öffnete die Vorhänge, die sie sonst immer geschlossen hielt, und wir bewunderten gemeinsam die Kirschblüten.

Ich spürte, dass jemand auf dem Balkon war.

»Wer zuerst kommt, mahlt zuerst!«, warf ich mich entschlossen in Positur, um den Feind ab-zuschrecken. Denn hinter der Glastür war ein di-cker Kater mit schmutzigem Fell aufgetaucht.

»Willst du es etwa mit mir aufnehmen?«, fragte er grimmig.

»Klar! Komm doch!«

Ich pochte an die Scheibe. In ihrem Schutz spürte ich keine Angst. Was für ein starker Kerl auch dahinter stehen mochte, hier fühlte ich mich absolut sicher.

»Der Apfel fällt nicht weit vom Stamm. Du bist ja genauso frech«, ärgerte mich der dicke Kater.

»Mama ist nicht frech!«

Dass er schlecht von meiner Mama redete, ärgerte mich.

»Nicht deine Mutter, dein Vater!«

»Du kennst meinen Papa?«

»Ich weiß alles.«

»Dann habe ich eine Frage an dich.«

»Über deinen Vater?«

»Nein.«

Von meiner Mama hatte ich viel über meinen Papa erfahren, ich wusste fast alles über ihn.

»Ich meine Aoi. Ich bin ihre Katze, aber was kann ich tun, damit sie wieder gesund wird?«

»Woher soll ich das denn wissen?!«

»Aber du hast doch gesagt, du wüsstest alles! Du bist ja ein Lügner!«

»Halt die Klappe, du Rotznase!«

Der dicke Kater starrte mich an. Da öffnete Aoi plötzlich die Glastür.

›Hey, Aoi, was machst du denn da?!‹

Ich hatte Angst, weiche Knie zu bekommen und sprang hektisch unter den Tisch, um mich zu verstecken. Dabei blieb ich an irgendetwas hängen und wirbelte Aois Sachen durcheinander.

Der dicke Kater grinste. Aoi füllte Trockenfutter in die Aluminiumschale auf dem Balkon. Der Kater stürzte sich darauf, er fiel regelrecht darüber her. Seine Art zu fressen faszinierte mich.

»Du hattest wohl Hunger.«

Ohne zu antworten, verschlang er gierig das ganze Trockenfutter. Dann leckte er sein Maul mit der Zunge sauber.

»Zum Dank für das Futter werde ich fragen.«

»Fragen? Kannst du mit Aoi reden?«, erkundigte ich mich aufgeregt.

»Ich frage John. Er weiß alles.«

Nach diesen Worten sprang er auf das Balkongeländer. Er wandte mir seinen mächtigen schwarzen Rücken zu und drehte nur den Kopf zu mir um:

»Ich bin Kuro. Wenn du in dieser Gegend hier lebst, dann solltest du dir zumindest den Namen des Bosses merken.«

»Was? Du Angeber!«

Nachdem ich ihm nachgeblickt hatte, sah ich zu, wie Aoi ihre Sachen aufräumte, die ich durcheinandergewirbelt hatte. Darunter befanden sich Malutensilien, genau solche, wie sie auch Reina besaß.

Reina hatte immer Bilder gemalt, aber ich hatte noch kein einziges Mal gesehen, dass Aoi malte. Wie schön wäre es doch, wenn sie eines Tages wieder malen würde!

Nicht nur Kuro und die Krähen besuchten mich.

Auch Mamas Freund, der weiße Kater Chobi, kam gelegentlich, um nach mir zu sehen.

»Hallo Cookie!«

Chobi war immer freundlich und zuvorkommend.

»Guten Tag, Chobi! Wie geht es Mama?«

»Es geht ihr gut. Kürzlich war ihre rechte Flanke voll pinker Farbe.«

Bei dieser Vorstellung kicherten wir beide.

Den Streuner Kuro konnte ich nicht so gut leiden, weil er mir nicht zuhörte, aber Chobi mochte ich, denn er hatte immer ein offenes Ohr für mich.

Mama hatte mir gesagt, dass ich mir später

einen Kater als Mann suchen sollte, der gut jagen kann, aber mir wäre einer wie Chobi lieber.

4

Der Sommer kam, und damit näherte sich Maris
erster Todestag.

Ein Jahr war seit dem Tag vergangen, an dem
ich sie umgebracht hatte.

»Ich habe doch gesagt, dass ich nicht hingehe!«,
schrie ich.

Ich hatte schon so lange nicht mehr gesprochen, dass meine Stimme ganz heiser klang.

»Geh hin!«

Der Gesichtsausdruck meiner Mutter war
streng.

»Ich gehe nicht!«

»Wie lange willst du denn noch zu Hause ho-
cken?«

Meine Mutter hatte ja recht. Das war mir schon
klar. Mein Verstand hatte längst eingesehen, dass
es nicht so weiterging, meine Gefühle aber hatte
ich nicht im Griff.

»Du nervst!«

»Es ist der erste Todestag von Mari! Du konntest doch schon nicht zu ihrer Beerdigung und an ihr Grab gehen.«

Das wusste ich doch alles selbst nur zu gut! Ich wollte ja auch gehen. So wie es sich gehörte und gebührte, wollte ich endlich das tun, was ich tun musste. Ich wollte sie an ihrem Grab um Verzeihung bitten.

»Geh, habe ich gesagt!«

Aber, ich schaffte es einfach nicht.

Ich drängte meine Mutter aus dem Zimmer und knallte die Tür zu. Cookie duckte sich.

Hinter der Tür sagte meine Mutter noch irgendetwas, aber ich übertönte alles mit meinem wortlosen Geschrei.

Kurz darauf hörte ich, wie meine Mutter die Treppe wieder hinunterging. Ihre Schritte klangen erschöpft.

Wieder und wieder kamen mir die Tränen. Es wollte einfach kein Ende nehmen.

*

Was mit Aoi passiert war, hörte ich von Kuro und auch von Aoi selbst.

»Ich bin weder imstande, Maris Grab zu besuchen, noch war ich bisher in der Lage, zu ihren Eltern gehen. Ich schaffe es ja nicht einmal nach draußen vor die Tür«, erzählte mir Aoi unter Tränen.

Es war nicht so, dass sie nicht nach draußen ging, weil sie sich drinnen so wohlfühlte. Sie war einfach körperlich nicht dazu in der Lage, das Haus zu verlassen. Immer am selben Ort zu sein, war bestimmt ganz schrecklich. Da mochte er noch so behaglich und gemütlich sein.

Aoi lag auf ihrem Bett und weinte sehr lange. Ich versuchte, sie irgendwie zu trösten, aber ich kam nicht an sie heran.

Das durchdringende Geschrei der Krähen setzte ein. Aoi zuckte zusammen.

Die Krähen flogen auf den Balkon. Eine, zwei, viele.

Ich verstand sofort, was ihr Krächzen bedeutete.

Bestimmt wollten sie Aoi fressen, würde sie sterben.

Es gab also noch schwächere Wesen als mich auf dieser Welt.

Ich würde Aoi beschützen. Mein Entschluss stand fest. Ich war bereit.

»Buh!«, schrie ich entschlossen und sprang auf die Schatten hinter dem Vorhang zu.

Als ich gegen die Fensterscheibe prallte, krachte es lauter als erwartet. Auch die Krähen waren offenbar erschrocken. Mit lauten Flügelschlägen flogen sie auf und davon.

»Alles okay, Cookie?«

Stolz über meine Tat und Mitleid mit Aoi wallten in meiner Brust auf. Irgendwie kam ich mit all diesen Gefühlen nicht zurecht, weshalb ich unablässig im Kreis durch Aois Zimmer flitzte.

5

Der Herbst kam. Als die Bäume ihr Laub abwarfen, wurde Aoi immer dünner und schwächer, und immer öfter stritt sie mit ihrer Mutter.

An manchen Tagen verließ sie nicht einmal mehr ihr Bett.

Mit der Zeit entdeckte ich eine Methode, an das Trockenfutter heranzukommen und mich selbst zu versorgen.

Eines Tages im Herbst kam in der Abenddämmerung Chobi, der mich sonst immer zu anderen Tageszeiten besucht hatte.

»Hör mal, Cookie! Es fällt mir schwer, das zu sagen, aber Mimi geht es nicht so gut.«

»Mama?«

»Sie will dich sehen.«

»Aber niemand lässt mich hier raus.«

»Stimmt. Aber wenn ich Mimi etwas von dir ausrichten soll, kannst du es mir sagen.«

Auch nachdem ich eine Weile darüber nachgedacht hatte, wollte mir einfach nichts Passendes einfallen.

»Sag ihr, sie soll durchhalten!«

»Alles klar! Mimi freut sich bestimmt.«

Aoi stand auf. Als Chobi sie sah, verschwand er sofort vom Balkon.

»Hör mal, Aoi, ich will meine Mama sehen. Es geht ihr nicht so gut. Deshalb will ich zu ihr.«

Aoi streichelte wortlos mein Fell. Das Glöckchen des Freundschaftsbands an ihrem Handgelenk bimmelte.

›Sie versteht mich nicht. Sie will mich nicht gehen lassen!‹

Ich wurde wütend. Ich schnappte nach dem Freundschaftsband und zog entschlossen daran.

»Das darfst du nicht! Hör auf!«, schrie Aoi.

»Warum tust du das?!«

›Bitte, Aoi! Ich will zu meiner Mama!‹

»Hör auf! Verschwinde!«

Aoi entriss mir das Freundschaftsband und verkroch sich wieder unter der Bettdecke.

Ich beschloss, auf eigene Faust zu Mama zu gehen.

Als Aois Mutter mittags kurz nach Hause kam und die Wäsche von der Leine nahm, kletterte ich heimlich über die Wäschestange auf das Dach.

»Ich kann sogar vom Dach springen!« Ich erinnerte mich daran, das einmal zu Mama gesagt
zu haben.

»Klar schaffst du das!«

Ich glaubte, Mamas Stimme zu hören. Entschlossen und mutig sprang ich.

*

Cookie war ausgerissen.

Das war bestimmt meine Schuld.

Denn ich hatte zu ihr gesagt: »Verschwinde!«

Eine Katze, die immer nur im Haus lebt, würde
in der Welt da draußen nicht zurechtkommen.
Jessica, die Katze, die wir früher hatten, war
auch einmal ausgerissen, und wir entdeckten
sie dann in der Nähe unseres Hauses auf der
Straße, wo sie von einem Auto mitgerissen worden war.

Cookie kannte sich hier in der Gegend doch
überhaupt nicht aus und würde es wohl auch
nicht schaffen, wieder zurückzukommen.

Ausgerechnet jetzt waren beide Eltern bei der
Arbeit!

Ich musste Cookie helfen!

Doch mein Körper wollte sich nicht bewegen.

Ich war nicht mehr Herrin über mein Herz und meinen Körper.

Als ich es nicht geschafft hatte, zur Andacht von Maris erstem Todestag zu gehen, war irgendetwas in mir endgültig zerbrochen.

Ich war nunmehr ein Wesen, das nur noch atmete.

Was sollte ich nur tun?

Zu nichts mehr fähig, konnte ich nur noch zittern und mir die Bettdecke über den Kopf ziehen.

Mari, Mari, bitte hilf!

*

Eine Welt ohne Zimmerdecke.

Als ich zum unendlichen, transparenten blauen Himmel emporschaute, schien es mir, als würde er mich verschlingen, und ich hielt es vor Angst kaum aus. Bemüht, nicht nach oben zu blicken, sauste ich los.

Ich rannte und rannte und merkte immer mehr, dass diese Welt ganz und gar nicht so aussah, wie ich sie mir vorgestellt hatte. Sie war um so vieles größer und weiter.

Mein Unbehagen wuchs.

Das war es bestimmt auch, wovor Aoi sich fürchtete.

Ich hatte geglaubt, ich bräuchte einfach nur nach draußen zu gehen und ein kleines Stückchen zu laufen, und dann wäre ich schon bei meiner Mama. Schließlich kamen ja auch Chobi und Kuro immer wieder einfach mal so bei mir vorbei.

Da witterte ich eine andere Katze.

Plötzlich stieg Panik in mir auf. Um diesem Geruch zu entkommen, raste ich wie wild durch die Gegend.

Weit und breit gab es niemanden, der mich hätte beschützen können.

Dass die Welt so unendlich groß und kompliziert war – das hatte ich nicht gewusst.

Nachdem ich Gassen entlanggerannt war, die ich noch nicht kannte, war ich erschöpft und wollte mich unter einem großen Strauch ausruhen. Das jedoch war ein Fehler.

War da jemand? Als mir dieser Gedanke kam, war es schon zu spät. Vor mir stand ein riesengroßer Kater.

»Verschwinde!«

Seine Stimme war eiskalt, so dass mir das Blut in den Adern gefror.

»Moment!«

Mit ausgefahrenen Krallen stürzte sich der Kater auf mich. Überstürzt rannte ich los, doch er erwischte mich genau an der Stelle, wo mein Schwanz beginnt.

Vor lauter Schmerz wurde mir ganz elend, der Po tat mir schrecklich weh, doch ich rannte immer weiter. Längst wusste ich nicht mehr, wo ich mich befand. Ob ich es jemals schaffen würde, wieder nach Hause zurückzufinden?

Bei diesem Gedanken hätte ich am liebsten geweint, verkniff es mir aber. Denn ich wollte ja nicht, dass der Kater das hörte und angerannt kam.

*

Immer und immer wieder hatte ich darüber nachgedacht.

Wäre ich damals sofort zu Mari gegangen und hätte mich bei ihr entschuldigt: »Tut mir leid, dass ich so etwas Schreckliches zu dir gesagt habe!«, dann wäre sie vielleicht nicht gestorben.

Ach, wenn ich doch nur sofort gehandelt hätte! Dann wäre vielleicht alles ganz anders gekommen.

Dasselbe wollte ich kein zweites Mal erleben.

Wenn ich jetzt losging, um Cookie zu helfen, konnte ich sie vielleicht noch retten.

Es sollte nicht noch jemand meinetwegen sterben.

Ich musste zu Cookie und ihr helfen.

Sie hatte mich damals vor den Krähen gerettet.

Diesmal war die Reihe an mir. Nun musste ich sie retten.

Ich verließ mein Bett und zog mir eine Jacke über.

Mari, leih mir Kraft! Auch wenn diese Bitte sehr eigennützig ist …

Klingeling. Das Glöckchen des Freundschaftsbandes machte mir Mut. Im Haus konnte ich mich frei bewegen. Es ging mir gut. Ich würde stark genug sein.

Diesmal würde ich es schaffen, nach draußen zu gehen.

Ich war mir meiner Sache so sicher wie nie zuvor und öffnete die Haustür.

Im selben Augenblick verließ mich der Mut. Mein Fuß stockte.

Diesen einen Schritt vermochte ich einfach nicht zu gehen. Obwohl er doch auch nicht anders als die Schritte im Haus war.

Es kam mir so vor, als schleiche sich von draußen heimlich ein Vakuum durch die Eingangstür
herein und käme mir immer näher. Mir blieb die
Luft weg.

Es ging nicht! Ich schaffte es einfach nicht, nach
draußen zu gehen!

Mir wurde schwarz vor Augen. Die Tür schloss
sich. Taumelnd hockte ich mich hin.

In diesem Moment zerrte etwas ganz unnatür-
lich an meiner rechten Hand.

Klingeling! Das Freundschaftsband war am
Türgriff hängen geblieben und löste sich von meinem Handgelenk.

Das musste ich unbedingt verhindern!

Ich blieb in der Hocke und versuchte mit aus-
gestreckter Hand, das Armband vom Türgriff zu
lösen, bis ich schließlich mit dem ganzen Körper
gegen die Tür fiel.

Klingeling!

Meine Hand umschloss Maris Armband.

Da merkte ich, dass ich bei dem Versuch, das
Armband zu fassen, einen Schritt vorwärts gemacht hatte.

Ich sah, dass ein Fuß von mir nun draußen vor
der Eingangstür stand, die sich geöffnet hatte!

Ich wurde leichenblass. Alles ist gut, beruhigte

ich mich, denn ich habe ja Maris Freundschafts-band!

Das Band in meiner Hand war zerrissen.

Es hieß doch, dass sich ein Wunsch erfüllte, wenn das Band riss! Maris Freundschaftsband hatte meinen Wunsch erfüllt!

Jetzt konnte ich endlich das Haus verlassen.

Ich ging einen Schritt nach draußen. Diesmal bewusst. Nun waren beide Füße draußen.

Vor mir breitete sich eine unendliche Welt aus.

Danke, Mari!

Zuversichtlich ging ich hinaus.

Cookie, warte auf mich!

*

Erschöpft schleppte ich mich auf dem Weg am Fluss dahin.

Mein Schatten wurde immer länger und mir ganz unheimlich zumute.

Es war dunkel und kalt, und jedes Mal, wenn die Krähen laut loskrächzten, bekam ich es mit der Angst zu tun und versteckte mich. Ich war zu mutlos und verzagt, um noch irgendetwas zu unternehmen.

Völlig entkräftet und hungrig suchte ich nun

statt nach dem Heimweg nach etwas Essbarem. Ich wusste nicht, wie ich eine Beute fangen sollte, und auch nicht, wo ich hätte Futter finden können. Daher blieb mir nichts anderes übrig, als in der Dunkelheit umherzuirren.

Auf einmal nahm ich einen zarten, wunderbaren Duft wahr. Es roch ganz köstlich nach Reis und Fischbrühe. Ich näherte mich auf direktem Weg der Quelle dieses Duftes und entdeckte Futter in einem Keramiknapf. Unter den Reis waren verschiedene Dinge gemischt, und obendrauf lagen Bonito-Flocken. Alles hatte genau die richtige Temperatur.

Wahrscheinlich war das Futter für eine andere Katze bestimmt. Aber das war mir egal. Entschlossen stürzte ich mich darauf, um es zu verschlingen. Noch nie hatte ich etwas so Leckeres gegessen.

»Hey du, das ist mein Futter!«, kam eine Stimme von hinten. Mir drohte das Herz stehen zu bleiben.

Den Mund noch voller Reis, drehte ich mich vorsichtig um.

Vor mir stand ein riesiger, fetter streunender Kater. Hastig schluckte ich den Reis hinunter.

»Kuro!«

»Ach, du erinnerst dich an mich? Die Tochter von Mimi.«

»Ich heiße Cookie.«

»Bist du auch ausgesetzt worden?«

»Nein! Aoi würde mich nie aussetzen!«

»Ja, wenn das so ist, was ist denn dann passiert?«

»Ich wollte zu meiner Mama und bin ausgegangen«, erwiderte ich und versuchte dabei, auch noch mutig zu wirken.

»Ausgegangen, soso …«

Kuro lachte höhnisch.

»Na und?«

»Komm mit!«

Kuro lief zügig los. Was blieb mir anderes übrig, als ihm zu folgen?

Da er nichts sagte, fragte ich ihn:

»Warst du auch in Mama verliebt?«

»Wovon redest du?«

»Ich habe gehört, dass alle Katzen hier in der Gegend in Mama verliebt waren.«

»Deine Mama hat aber ein stark ausgeprägtes Selbstbewusstsein.«

»Also …«

»Sei einfach still und folge mir!«

Dank Kuro hatte ich nun keine Angst mehr und

mich beruhigt, weshalb ich redselig wurde, aber ganz gleich, was ich auch sagte, Kuro antwortete nicht mehr darauf.

Als wir schon sehr weit gelaufen waren und mir die Pfoten schmerzten, roch es auf einmal immer vertrauter.

Nach trockenem Laub, nach Terpentinöl, jenem Öl, das Reina beim Malen verwendete.

Ich überholte Kuro und rannte los.

Die Sonne war schon untergegangen und ich konnte fast nichts mehr erkennen, aber ich war mir sicher, dass ich mich nicht irrte.

Es war die Wohnung, in der Mama und Reina lebten.

Ich atmete tief ein und maunzte.

Es kam keine Antwort.

»Mama und Reina sind nicht da.«

»Vielleicht ist … schon …«

Kuro runzelte die Stirn.

»Sag doch nicht so etwas!«

Beängstigende Gedanken kamen mir in den Sinn. Vielleicht würde ich ja Mama nie wiedersehen!

»Cookie!«

Ich hörte, wie jemand nach mir rief. Diese Stimme …

»Aoi!«

Ich maunzte, so laut ich konnte.

»Cookie!«

Da konnte ich Aoi sehen. Nicht im Traum hätte ich gedacht, dass sie mich holen kommen könnte.

Über ihrem Pyjama trug sie eine Jacke und an den nackten Füßen Sandalen.

Ich sprang ihr auf den Arm.

Als Aoi mich sah, schluchzte sie laut auf und die Tränen liefen ihr übers Gesicht.

»Oh, wie schön! Aoi, du kannst ja wieder nach draußen gehen!«, miaute ich voller Freude.

»Dann ist ja alles gut«, sagte Kuro und lief davon.

›Wenn er das nächste Mal zu uns kommt, muss Aoi ihm lauter Leckerbissen servieren‹, dachte ich.

Ich hörte, wie sich ein Auto näherte. Es war ein Taxi.

Mit einem Käfig in der Hand stieg Reina aus.

»Reina!«

Sie war so überrascht, wie ich sie noch nie gesehen hatte.

»Cookie?«

Ich maunzte noch einmal ganz laut.

»Ja, ich bin Cookie!«

»Sie sind wohl die Frau, bei der Cookie jetzt lebt? Sind Sie gekommen, um Mimi einen Krankenbesuch abzustatten? Kommen Sie doch herein!«

Bei diesen Worten schloss Reina die Tür auf.

»Was ist mit Mama?«, fragte ich Reina.

»Bleib ganz ruhig! Du kannst sie gleich sehen.«

In Reinas Wohnung sah ich dann Mama wieder.

Sie stieg aus dem Käfig und hatte einen großen, hässlichen Kragen um den Hals und einen Verband an einer Hinterpfote. Ich hätte nie gedacht, dass meine Mama so klein war.

»Du bist aber groß geworden, Cookie!«

Sie wirkte geschwächt, ihre Stimme aber war fest.

»Mama, jetzt wird alles wieder gut.«

»Danke!«

So wie sie mich immer geputzt hatte, machte ich das nun bei ihr, wobei ich ihren Geruch tief einatmete. Dabei schlief sie ein.

Aoi, Reina und ich, wir schauten die ganze Zeit auf Mama.

Als Reina sagte: »Es wird ihr bald wieder besser gehen«, nickte Aoi.

»Ja.«

Die Wärme
der Welt

1

Ein Sommermorgen.

Darauf bedacht, nicht der prallen Sonne ausgesetzt zu sein, saß Kuro geduckt auf der kühlen Kunststeinmauer und lauerte auf den passenden Moment.

In der Ferne hörte man leise ein Radio laufen, das eine Fitness-Sendung übertrug.

Beim Jagen konnte Kuro beliebig lange, beharrlich und mit größter Geduld warten.

Endlich zeigte sich die Beute: in einem Napf aufgehäufte Fleischklößchen. Eine ältere Frau stellte den Napf vor einer Hundehütte ab.

Die Jagd konnte beginnen.

Kuro ließ seinen massigen Körper hoch in die Luft schnellen, um nach einem Salto wieder auf allen vier Pfoten zu landen. Er fing den Aufprall mit dem ganzen Körper auf und nutzte den Schwung, um vorzupreschen.

Die Beute befand sich nun in unmittelbarer Nähe.

Der »Feind« reagierte jedoch ebenfalls blitzschnell. Aus der Hundehütte schoss ein riesiger Schatten direkt auf den Napf mit den Fleischklößchen zu.

Wäre der Napf Kuros Ziel gewesen, hätte der Feind ihn erwischt. Kuro hatte jedoch nicht diesen Napf, sondern die danebenstehende Schale mit Wasser anvisiert. Den Körper flach an den Boden gepresst, so dass er fast lag, schlug er nun mit der Vorderpfote auf die Wasseroberfläche, so dass das Wasser in hohem Bogen aufspritzte und mit voller Breitseite das Gesicht des Feindes traf, der sofort die Augen schloss.

Diese Gelegenheit nutzte Kuro, um sich ein Fleischklößchen zu stibitzen.

Lecker!

»Gut gemacht! Ein Kloß fehlt«, rief der Feind – der Hund John – anerkennend, um nun auch selbst in aller Ruhe zuzulangen.

Dass John ihn gelobt hatte, versetzte Kuro in beste Laune. Der Katzenboss Kuro und der Hund John kannten sich schon lange. Meist ging es in einer Art freundschaftlichen Wettkampfs darum, wie der schwarze Kater John in einem Moment der Unaufmerksamkeit überlisten und etwas von seinem Futter ergattern konnte.

»Ich werde alt. Von dir besiegt zu werden …«

»Ich bin stärker geworden.«

Anfangs waren sie tatsächlich Feinde gewesen, aber jetzt erkannten sie sich gegenseitig als ebenbürtige Gegner an und zollten einander sogar einen gewissen Respekt.

Von Menschen zubereitetes Futter war fast immer zu salzig. Die ältere Dame hingegen, bei der John lebte und welche die Fleischklößchen gekocht hatte, verstand es, den eigentlichen Geschmack der Zutaten zur Geltung zu bringen. Sie blickte lächelnd auf Kuro und John, die friedlich nebeneinandersaßen und fraßen.

Nachdem Kuro sich den Bauch mit Fleischklößchen vollgeschlagen hatte, legte er sich in den Schatten von Johns Hundehütte.

»Weißt du, warum Tiere etwas fressen?«, fragte John, der ebenfalls sein Mahl beendet hatte und es sich nun bequem machte, wobei er seine Vorderpfoten als Kopfkissen benutzte.

»Wahrscheinlich, weil sie Hunger haben.«

Frag mich doch nicht so selbstverständliche Dinge, dachte Kuro.

»Aber warum haben sie Hunger?«

»Weil sie leben.«

»Genau das ist der springende Punkt!«

Vergnügt wedelte John mit dem Schwanz.

»Vor langer, langer Zeit geschah es nämlich, dass sich Lebewesen entwickelten und verbreiteten, die überhaupt nichts aßen.«

»Dann konnten sie also leben, ohne irgendetwas dafür zu tun? Ein Paradies!«

»Ein Paradies? Genau!«

John lachte.

Dann erzählte er Kuro die Geschichte der Lebewesen, die aus dem Paradies vertrieben wurden.

»Ein Land, in dem man essen kann, ohne zu arbeiten, in dem jeder ohne Kampf in Frieden und in ewigem Glück leben kann, ist in der Tat ein Paradies.

In einer weit zurückliegenden Vergangenheit hatten wir bereits einmal ein solches Zeitalter, wenn auch nur für kurze Zeit. Allerdings lebten damals weder Menschen noch Katzen noch Hunde, weder Gräser noch Bäume. Stattdessen gab es blattähnliche Geschöpfe, weder Tier noch Pflanze, die so gut gediehen, dass sie bald fast die ganze Erde bedeckten.

Nur diese eine Art Lebewesen existierte damals

auf der Erde. Diese blattförmigen Organismen zersetzten die anorganische Materie im Meer und gewannen daraus ihre Energie, weshalb es weder Nahrungsketten des Fressens und Gefressenwerdens noch sonst etwas anderes gab.«

»Aber wie haben diese Geschöpfe denn ihre Zeit verbracht?«, warf Kuro ein.

»Sie haben nichts getan. Sie haben einfach nur immer weiter existiert. Dieses glückliche Zeitalter dauerte eine ganze Weile an.«

»Und was ist aus ihnen geworden?«

»Sie sind ausgestorben. Neue Lebewesen tauchten auf, und im Handumdrehen waren jene Geschöpfe ausgerottet«, erklärte John leise.

»Danach erschienen auf der Erde wahnsinnig viele Arten von Lebewesen, als wäre nun klargeworden, dass es so wie bisher nicht weitergehen konnte. Jede dieser Arten kämpfte ums Überleben, sie bekämpften sich gegenseitig und fraßen einander auf. Dafür, dass das Paradies der Blattwesen nicht funktioniert hatte, während die Hölle, in der sich so viele Lebewesen gegenseitig umbrachten, so gut lief, gibt es zwei Gründe.

Das sind die Vielfalt und der Wettbewerb.

Befindet sich die Welt in einem erstarrten Zustand ohne Vielfalt, dann reicht schon ein einziger Anlass, dass Lebewesen aussterben.

Denn ohne den Wettbewerb der Arten entwickeln sich keine höher entwickelten, an die Umwelt angepassten Lebewesen.«

»Langsam versteh ich überhaupt nichts mehr.«

Kuro gähnte herzhaft.

»Mit einfachen Worten gesagt, ist das Paradies etwas, das nicht lange währt.«

»Also, ich versteh das alles nicht so ganz, aber ein bisschen klingt es ja so, als wären alle selbst schuld.«

»Genau.«

»John, was du alles weißt!«

»Eigentlich müssten die Lebewesen alles wissen, was passiert ist, seit sie auf der Erde aufgetaucht sind. Aber sie haben es vergessen, nur ich weiß es noch. Das ist alles.«

»Mehr nicht?«

Kuro mochte diese Art von Gesprächen mit John. Für den Katzenboss gab es keine Katze, der er sein Vertrauen schenken konnte. Der Hund John hingegen hatte kein Interesse an Kuros Revier, und da er viel wusste, war er der perfekte Gesprächspartner.

»Kuro, willst du wissen, wann du stirbst?«

John stellte oft völlig unerwartete, verrückte Fragen.

»Interessiert mich nicht.«

Das meinte Kuro ernst. Alles, was über den morgigen Tag hinausging, interessierte ihn nicht.

»Dass du das sagen würdest, hatte ich mir schon gedacht«, schmunzelte John vergnügt.

»Wir beide könnten jederzeit sterben. Wie oft habe ich es schon erlebt, dass jemand, der gestern noch quicklebendig war, abends unter Durchfall litt und am Morgen danach plötzlich tot war. Und so manch einer ähnelte nach einem Zusammenstoß mit einem Auto nur noch einem Putzlappen.«

Für Kuro war es ganz selbstverständlich, dass Katzen schnell starben.

»Es gibt aber auch Katzen, die so schwer verwundet wurden, dass sie aus eigener Kraft nicht einmal mehr essen konnten, dann aber wieder quietschvergnügt durch die Gegend spazieren.«

»Du meinst Mimi? Sie ist bewundernswert.«

John schloss die Augen und dachte eine Weile nach, um schließlich das Maul wieder zu öffnen.

»Ich mache es nicht mehr lange.«

Johns Tonfall klang, als würde er sein bestgehütetes Geheimnis verraten. Kuro war so erschrocken, dass er für eine Weile vergaß, sein Maul zu schließen.

»Hast du dir den Kiefer ausgerenkt?«

»Wenn du so blöde Witze reißt …«

»Das ist kein Witz.«

Johns Augen blickten ganz ernst.

»Was … soll ich dazu sagen. Das ist ja furchtbar!«, brach es aus Kuro hervor.

»Deine Worte machen mich glücklich.«

»Ich verliere eine wichtige Futterquelle …«, versuchte Kuro nun zu scherzen. Da lachte John.

»Aber John, du bist doch gesund und munter!«

»Die Menschen haben große Angst vor dem Tod …«, wich John ihm aus.

»Nicht nur vor dem Tod der Menschen, sondern auch davor, dass ihre Hunde oder Katzen sterben.«

»Die Menschen sind schon merkwürdig.«

»Ich habe in diesem Haus schon mehrmals erlebt, wie ein alter Mensch gestorben ist.«

»Du lebst ja auch schon lange.«

Kuro kam ein Gedanke.

»Hast du etwa jetzt auch Angst bekommen?«

»Ich fürchte den Tod nicht! Das ist doch nichts

anderes, als einzuschlafen. Schließlich üben wir das Sterben ja jeden Abend.«

Dann sagte er etwas, das ihm ganz offensichtlich schwerfiel.

»Aber … ich mache mir Sorgen um sie.«

»Sie?«

John blickte zu der Frau hinüber, die in einem Zimmer, das zum Garten hinausging, Wäsche zusammenlegte. Die Menschenfrau, bei der John lebte. Sie war noch sehr rüstig, ihr Haar jedoch schon fast weiß.

»Sie heißt Shino«, stellte John sie vor.

Als ihre Blicke sich trafen, lächelte Shino und stand auf.

»Ist sie deine Geliebte?«

»Hahaha! Leider hat Shino einen Ehemann. Auch wenn sie zurzeit nicht zusammenleben.«

Als Shino näher kam, ging Kuro vorsichtig auf Distanz.

»Das klingt nach einer schwierigen Situation, finde ich.«

Shino nahm den leeren Napf und ging wieder.

»Geht sie nicht arbeiten?«

»Früher, ja. Trug gutsitzende Kostüme, sah echt chic aus. Aber dann hat sie aufgehört.«

»Hm.«

Im Gegensatz zu John interessierte sich Kuro nicht für die Lebensumstände der Menschen.

»Da lebt sie also ganz allein in so einem großen Haus?«

»Ja, ganz allein. Vorher hat sie mit einer noch älteren Person zusammengelebt, die sich nicht mehr bewegen konnte, und hat sich um sie gekümmert.«

»Dabei sollte man die Alten doch besser in Ruhe lassen.«

»Aber dann sterben sie.«

»Ich sehe keinen Sinn darin, sich um jemanden zu kümmern, der aus eigener Kraft nicht mehr leben kann«, erklärte Kuro und streckte sich.

»Sie hat ihr Leben geopfert. Für die Pflege eines langsam sterbenden alten Menschen.«

Als Kuro das hörte, hatte er das Gefühl, endlich zu verstehen, was John ihm sagen wollte.

»Du holst aber weit aus. Du willst also nicht so ein Pflegefall werden wie jener alte Mensch?«

»Genau.«

Kaum hatte er das gesagt, schloss er die Augen und schlief ein. Kuro legte sich neben John und machte ebenfalls ein Nickerchen.

2

Eine Melodie ertönte. »Die Wanne ist voll«, teilte nun eine elektronische Stimme mit, dass das heiße Wasser eingelassen worden sei.

»Ja, ja!«, antwortete Shino, die vor dem Fernseher gesessen hatte, und stand auf. Da das Haus barrierefrei umgebaut worden war, gelangte man ebenerdig zum Badvorraum. Im Bad selbst waren überall Handläufe und Haltegriffe angebracht.

Shino brauchte das alles zwar noch nicht, aber es beruhigte sie, dass es das alles schon gab.

Sie ging im Dunkeln ins Bad und ließ sich langsam ins Badewasser gleiten.

Das Licht blieb aus, weil die Mutter ihres Mannes, die mit ihnen zusammen gelebt hatte, sie immer ermahnt hatte, Strom zu sparen.

Sicherlich war dieses Verhalten ein Zeichen dafür gewesen, dass die Mutter ihres Mannes sie als Eindringling in die Familie betrachtet hatte. Auch Shino konnte auf ihre Art stur sein, und so wurde ihr das Baden im Dunkeln schließlich zur Gewohnheit.

Diese kleinen Schikanen ihrer Schwiegermutter waren Lappalien im Vergleich zu dem, was sie sagte und tat, als sie später ein Pflegefall geworden war.

Shino seufzte tief auf.

Durch das Dachfenster schien der Mond herein. Er spiegelte sich im Badewasser, als sie es mit beiden Händen schöpfte. Ein Lächeln breitete sich auf ihrem Gesicht aus.

›An solchen Dingen kann ich mich erfreuen. Ich bin wirklich genügsam.‹

Nach dem Bad zog sie ihren Pyjama an. Als sie auf dem Wäschetrockenplatz auf dem Dach im lauwarmen Nachtwind die Abendkühle genoss, erblickte sie eine Sternschnuppe.

Sie wollte sich sofort etwas wünschen, stellte aber fest, dass sie gar keine Wünsche hatte.

*

Es war eine Nacht mit einem besonders schönen Mond. Es wurde immer später. Sowohl die lauten Stimmen der jungen Menschen als auch der Lärm der auf der Nationalstraße vorbeifahrenden Autos ließen nach, und in der Stadt kehrte wieder Ruhe ein.

Als Kuro zu Johns und Shinos Haus kam, hatten sich im Garten bereits viele Katzen versammelt. Es waren die Freigänger des Stadtviertels. Kuro entdeckte Chobi unter ihnen. Die Katzen, die Kuro sahen, erwiesen dem Boss ihren Respekt und machten ihm Platz. Kuro bezog Stellung vor der Hundehütte.

Schließlich kam John gemächlich daraus hervorgekrochen. Mit langsamen Bewegungen überblickte er die Katzenschar.

Feierlich verkündete er:

»Es ist so weit. Morgen werde ich nicht mehr unter euch weilen.«

Stummes Klagen erhob sich aus den Reihen der Katzen, die ihn umringten, und Kuro nickte schweigend.

»Ich werde dich vermissen, John«, sagte Chobi mit sanftmütigem Blick.

Jede einzelne Katze fand ein paar Worte des Abschieds für John. Für die Katzen dieses Viertel war John ein wandelndes Lexikon und ein guter Ratgeber gewesen. Er hatte ihre Reviere verwaltet und unnütze Streitereien zwischen den Katzen verhindert.

John schwieg, mit feuchten Augen hörte er die Abschiedsworte der Katzen.

Zum Schluss brachte Kuro im Namen aller Katzen noch einmal ihren Dank zum Ausdruck:

»Auch die Katzen, die heute nicht hierherkommen konnten, denken bestimmt auf ihrem jeweiligen Lager an dich. Danke, John!«

»Ich danke euch allen!«, antwortete John kurz und mit gerührter Stimme. Dann löste er mit seinen Vorderpfoten behände sein Halsband.

»Wie geschickt du das kannst!«, rief Chobi überrascht.

»Es war schon eine ganze Zeitlang kaputt.«

Das Lederhalsband, das John getragen hatte, war abgetragen und leuchtete bernsteinfarben.

Ein Zittern lief durch seinen Körper. Dann machte er im Mondlicht einen kraftvollen Schritt nach vorn.

Chobi folgte ihm und sprach ihn an:

»Hör mal, John, ich kann gar nicht glauben, dass du sterben wirst …«

»Ich sterbe doch nicht. Ich werde in die Ewigkeit eingehen.«

»In die Ewigkeit?«

Chobi und Kuro wollten es genauer wissen.

»Wenn ich hier auf den Tod warten und dann

sterben würde, würdet ihr und Shino wissen, dass ich tot bin. Aber wenn man meinen toten Körper nicht findet, weiß niemand, ob ich wirklich gestorben bin.«

»Und das meinst du mit ›in die Ewigkeit eingehen‹?«

»Ja.«

John blickte zum Haus zurück. Nur hinter einem Fenster brannte noch Licht. Dort war Shino.

»Ich kümmere mich um Shino«, warf Kuro sich in die Brust.

»Ich verlass mich auf dich, Kuro.«

John ging los.

Auf der menschenleeren nächtlichen Straße liefen John und die Katzen nebeneinanderher.

Die Hitze des Spätsommers hing noch in der Dunkelheit der Nacht. Die schwüle Luft schien die Tiere einzuhüllen. Die Katzen fühlten sich dabei sehr wohl. Kuro erinnerte sich daran, dass John ihm erzählt hatte, dass die Ahnen der Katzen früher in südlichen Ländern gelebt hatten. Daher überkomme sie in solchen Nächten eine unbeschreibliche Sehnsucht.

Schließlich entfernte sich eine Katze nach der anderen, um in ihr eigenes Revier zurückzukehren.

Nur Chobi und Kuro blieben bis zuletzt bei John.

John blieb stehen.

»Ihr beide habt mich bis zum Schluss begleitet. Ich möchte euch etwas Schönes sagen.«

»Etwas Schönes?«, fragte Chobi verwundert.

»Irgendwann werde ich zurückkommen.«

»Wirklich?«

»Ja. Dann werde ich vielleicht in einer anderen Gestalt erscheinen, aber ihr beide erkennt bestimmt, dass ich es bin.«

Mit ehrfurchtsvollem Blick lauschte Chobi seinen Worten.

»Wenn ich zurückkehre, werde ich eure Wünsche erfüllen, Kuro und Chobi«, verkündete John mit feierlicher Miene.

»… und das kannst du?«, fragte Kuro mit zweifelndem Blick.

»Nun, dann wünsche ich mir …«

John unterbrach Chobi:

»Ihr müsst eure Wünsche nicht aussprechen. Es reicht, wenn ihr sie in eurem Herzen tragt.«

Unter dem Sternenhimmel schloss Chobi demütig die Augen.

›So ein Quatsch‹, dachte Kuro. ›Aber vielleicht … man weiß ja nie …‹ Da kam ihm Shino in den Sinn.

›Wie schön wäre es doch, wenn sie glücklich werden würde! Nachdem John gegangen ist, wird sie wohl erst einmal traurig sein. Deshalb will ich mir zumindest Glück für sie wünschen.‹

John blickte abwechselnd in die Gesichter von Chobi und Kuro und nickte.

»Vergesst eure Wünsche nicht! Wenn sie sehr stark sind, werden sie auch ohne mich in Erfüllung gehen.«

Kuro wechselte einen Blick mit Chobi und blinzelte.

Nahm John sie etwa auf den Arm?

John wedelte vergnügt mit dem Schwanz.

»So, nun geh schon!«, fauchte Kuro ihn an.

Da lief John mit festen Schritten los, in einem Tempo, dass man kaum glauben konnte, dass er ein alter Hund war.

Bald hörten sie nur noch sein Bellen in der Ferne.

»Der und am Rande des Todes? So ein rüstiger alter Herr wie er?«, lästerte Kuro.

»Hör mal, Kuro ...«, sprach Chobi ihn auf dem gemeinsamen Rückweg schüchtern an.

»Ja, was ist denn?«

»Was hast du dir gewünscht?«

»Nichts.«

Das war eine Lüge.

»Wirklich?«

»Hast du diesen Quatsch etwa ernsthaft geglaubt?«

»Das war kein Quatsch. Johns Miene war dabei genauso wie immer, wenn er etwas Wichtiges sagt.«

»So, meinst du?«

»Ich habe mir gewünscht, dass meine Freundin glücklich wird …«, begann Chobi zu erzählen, obwohl niemand ihn danach gefragt hatte.

»Hör auf, das laut zu erzählen!«

›Wie peinlich! Aber schon beneidenswert, wie er das so klipp und klar sagen kann!‹, dachte Kuro bei sich.

»Na dann, mach's gut, Kuro!«

Chobi rannte in Richtung der nächtlichen Stadt. Wahrscheinlich kehrte er zu seiner Freundin zurück.

Nachdem Kuro ihm nachgeschaut hatte, hing er noch eine Weile seinen Gedanken nach.

›Dann muss ich mich jetzt wohl um Shino kümmern.‹

Er hatte es vorhin schließlich in einem feierlichen Augenblick versprochen, und was man versprach, musste man auch halten.

Im Licht des Mondes kehrte er langsam denselben Weg zurück, den sie gerade gekommen waren. Er kroch in Johns Hundehütte und beschloss, dort auf den Morgen zu warten.

In Johns Geruch gehüllt, träumte er schließlich von ihm.

*

Shino träumte einen Jungmädchentraum, über den sogar sie selbst lachen musste.

In diesem Traum reiste sie auf einer Sternschnuppe durch die Sternenwelt. Die Sternschnuppe war tatsächlich sternförmig. Shino trug dieselbe Kleidung wie jetzt auch, aber sie war in ihr jüngeres Ich zurückgekehrt. Ihr Körper war überraschend leicht.

Da kam jemand vorbeigeflogen, der auf einer anderen Sternschnuppe saß.

Es war John. Wie ein Astronaut trug er einen runden Helm aus Glas.

»Oh, John!«, rief Shino.

»Hi, Shino!«, antwortete John. Da es ein Traum war, fühlte es sich überhaupt nicht seltsam an, dass der Hund sprechen konnte.

»Sag mir, was du dir wünschst! Bei Sternschnuppen darf man sich etwas wünschen«, erklärte John und zwinkerte dabei mit den Augen.

»Nun, dann wäre ich gern jünger!«

»Aber du bist doch schon jung genug!«

Im Traum war sie tatsächlich ein junges Mädchen.

»Oh, stimmt!«

»Hast du vielleicht noch einen anderen Wunsch?«

Shino äußerte eine Bitte, die ihr plötzlich in den Sinn kam:

»Du könntest an meiner Stelle das Frühstück zubereiten.«

Wie glücklich wäre sie, wenn morgens beim Aufwachen das Frühstück schon fertig wäre!

»Wird gemacht!«, antwortete John und schlug sich wie zur Bestätigung mit der Vorderpfote auf die Brust.

Da wachte Shino auf.

Sie war innerlich unruhig. Ob das an dem seltsamen Traum lag?

›Könnte es sein …‹, dachte sie, aber natürlich stand nirgends ein zubereitetes Frühstück.

»War doch klar!«

Sie fand es albern, dass sie auch nur einen Augenblick lang eine solche Hoffnung gehegt hatte, und musste über sich selbst lachen.

Sie beschloss, aus ein paar Resten vom Vortag rasch für sich selbst und John das Frühstück zuzubereiten.

*

Kuro wurde von einem köstlichen Duft geweckt. Da er bis spät in die Nacht aufgeblieben war, hatte er tief und fest geschlafen.

Langsam schob er sich aus der Hundehütte, da trafen sich seine und Shinos Blicke.

»Na so was!«

Shino machte große Augen.

»Shino, es fällt mir schwer, es dir zu sagen, aber … John hat sich gestern Abend auf eine Reise begeben.«

Kuro erklärte es ihr, so gut er konnte, auf seine eigene Art und Weise. Eigentlich konnte Shino ihn gar nicht verstehen, aber sie entdeckte Johns Halsband und schien dann zu begreifen, was geschehen war.

»Nun habe ich extra das Futter gemacht … könntest du es nicht fressen?«

So bekam Kuro das ganze Frühstück, das für

John gedacht war, für sich allein. Als er noch jung gewesen war, hatte er immer damit geliebäugelt, einmal Johns Futter für sich zu erobern, aber die Mahlzeit, die er nun so ganz ohne Kampf erhielt, hatte jeglichen Reiz für ihn verloren.

»Willst du mein Kind sein?«

Das war ein ganz besonderes Angebot, aber Kuro beschloss, es abzulehnen.

»Ich bin ein streunender Kater. Ich werde niemandem gehören.«

Kuro hatte seinen Stolz.

Nachdem er das Frühstück verspeist hatte, verließ er Shinos Grundstück. ›Als Katzenboss habe ich schließlich viel zu tun‹, dachte er.

Auch am nächsten Tag beschloss er, am Morgen bei Shino nach dem Rechten zu sehen.

›Ich bin einfach zu gutmütig. Aber da John mich nun einmal darum gebeten hat, kann ich nicht anders.‹

Als Kuro zu Shino kam, stand, obwohl er nicht darum gebeten hatte, bereits Futter für ihn da. Er beschloss, es dankbar anzunehmen. Wie immer war es ausgesprochen köstlich. Fischfond und Hühnchenfleisch harmonierten perfekt – diesen Geschmack liebte er über alles.

Hingerissen verspeiste er alles. Als er dabei unversehens den Kopf hob, sah er Shino mit einem freundlichen Lächeln im Gesicht.

Wenn sie jeden Tag das Futter zubereitete, konnte er es ja unmöglich schlecht werden lassen. Er beschloss, nun täglich nach dem Rechten zu sehen.

Schließlich wurde es ihm lästig, immer hin und her zu ziehen, weshalb er sich dafür entschied, in Johns Hundehütte zu schlafen. Shino bot ihm mehrmals an, in ihr Haus zu kommen, doch das lehnte er ab. Wenn er dort einzog, dann war er kein streunender Kater mehr. Er bekam zwar sein Futter von Shino, übernachtete aber in Johns Hütte.

Oft saßen Shino und Kuro Seite an Seite auf der Veranda des alten Hauses und unterhielten sich.

Seit John nicht mehr da war, brauchten sie beide jemanden, mit dem sie reden konnten.

Shino streichelte zärtlich Kuros Rücken. Bisher hatte er keinem Menschen erlaubt, sein Fell zu berühren, weshalb er anfangs aufspringen wollte, aber während er sich dann geduldig streicheln ließ, merkte er, dass es wider Erwarten doch sehr angenehm war.

Shino lebte allein in dem alten Haus. Alles, was

sie erzählte, handelte von Toten oder von Menschen, die nicht hier lebten.

*

Ich erzählte ihm von der Zeit, als ich noch voller Energie und auch sehr hübsch war.

Der Vater meines Mannes, mein Schwiegervater, hatte einen Hirnschlag und wurde zum Pflegefall.

Wegen der Leute bestand meine Schwiegermutter auf der Pflege zu Hause, und mein Mann war derselben Meinung. Niemand wusste, wie hart es werden würde, und da wir das Haus unter großem Kostenaufwand umbauen ließen, konnten wir danach auch nicht mehr zurück.

Die Pflege war eine große Belastung, sowohl für die Pflegenden als auch für den Patienten.

Mein Schwiegervater, der lange Jahre in leitender Position in einem Unternehmen gearbeitet hatte und sehr stolz war, konnte bis zuletzt seine Situation nicht akzeptieren. Dieser Mann, der einmal eine geachtete Persönlichkeit gewesen war, geriet nun beim geringsten Anlass vor Wut außer sich. Es fing an mit: »Komm sofort, wenn ich dich rufe!« und ging weiter damit, dass er beim Tischdecken und -abräumen herumnörgelte, sich aufregte, uns bedrohte, gewalttätig und Gefangener seines Verfolgungswahns wurde.

Auch meine Schwiegermutter musste eine Menge aushalten und hielt tapfer durch. Ich beschloss, meine Stelle im Vertrieb eines Pharmaunternehmens zu kündigen und meiner Schwiegermutter zu helfen.

Mein damaliger Vorgesetzter empfahl mir, meinen Schwiegervater in ein Pflegeheim zu geben, und bat mich zu bleiben, doch mein Mann erlaubte es nicht.

Schließlich kam mein letzter Tag im Unternehmen.

»Im Leben muss man auch manchmal an sich selbst denken«, gab mir mein Chef als guten Rat mit auf den Weg.

Den Sinn dieses Satzes verstand ich erst sehr viel später.

Länger, als ich mir hätte vorstellen können, pflegte ich meinen Schwiegervater.

Als er verstarb, faltete meine Schwiegermutter die Hände und sagte: »Danke!«

Kurz darauf zeigten sich bei ihr die ersten Symptome einer Demenz.

Da mein Mann damals bereits nicht mehr nach

Hause kam, pflegte ich allein meine Schwiegermutter. Ihr Verhalten ähnelte bald dem ihres verstorbenen Mannes. Die Tyrannei meines Schwiegervaters, die sie so sehr verabscheut hatte, übte sie nun selbst aus. Völlig auf mich allein gestellt, musste ich jetzt ihre Launen aushalten, doch ließ ich sie nicht im Stich und pflegte sie weiter.

Mittlerweile war ich in einem Alter, in dem ich nicht mehr in das Unternehmen, in dem ich gearbeitet hatte, zurückkehren konnte, auch hatte ich meinen Stolz gegenüber meinem Mann, der bei einer anderen Frau wohnte.

Meine Schwiegermutter hielt all den Stress, den ihre gesundheitlichen Probleme hervorriefen, bald selbst nicht mehr aus, sie schrie, tobte, und zum Schluss wusste sie, bis sie starb, nicht mehr, wer sie war.

Zurück blieben ein barrierefreies Haus und meine völlig erschöpfte Wenigkeit.

Wir hatten keine Kinder. Wenn wir welche gehabt hätten, wäre es vielleicht anders gewesen. Mein Mann arbeitete im Wohlfahrtswesen. Ohne den blassesten Schimmer von den Mühen der praktischen Pflege zu haben, die mir Tag für Tag in seinem Haus oblagen, reiste er durch ganz Ja-

pan und hielt Vorträge über Kranken- und Alten-
pflege.

»Mein Mann hat mich verlassen … in dem leeren Haus bin ich nun ganz allein zurückgeblie-
ben.«

Shino lächelte einsam.

»Hm.«

Es war eine Geschichte aus einer Welt, die Kuro
nicht verstand.

»Manchmal denke ich darüber nach, was mein
Leben eigentlich ausmachte …«

Shino kraulte Kuro unter dem Kinn.

»Du hast es gut, bist frei …«

Kuro hatte immer in Freiheit gelebt. Daher
wusste er nur zu gut, dass die Freiheit auch ihren Preis hatte.

»Du hast sowohl einen Ort zum Schlafen als
auch eine warme Heizung als auch etwas zu essen. Ich verstehe nicht, was du mit ›leerem Haus‹
meinst.«

Shino schloss die Augen halb und schaute
glücklich drein.

»John ist leider nicht mehr da … ein Glück,
dass du gekommen bist.«

›Du lieber Himmel! Sie umschmeichelt mich.‹
Kuro erhob sich plötzlich.

›Ich muss ihr beibringen, wie man lebt!‹

»Komm mit!«

Kuro nahm Shino mit auf einen Spaziergang.

Wie die Katzen leben, das lernte man am besten auf der Straße. Shino war zwar schon nicht mehr die Jüngste, aber es war nie zu spät, um etwas Neues anzufangen.

Wie einem Katzenkind, das noch keine Ahnung hat, wie man sich in der Welt zu verhalten hat, erklärte Kuro Shino geduldig, wie die Katzen leben.

Zuerst ging es um die Sicherstellung von Trinkwasser. Um Wasser, das man trinken konnte, und um solches, das man nicht trinken durfte. Da das Wasser in den Pfützen schmutzig war, verdarb man sich damit den Magen. Das Wasser in den Springbrunnen der Parks wirkte zwar auf den ersten Blick sauber, aber da hier stets dasselbe Wasser zirkulierte, konnte man sich auch damit den Magen verderben. Das Wasser an Trinkwasserbrunnen war sicher. Auch mit den Tropfen aus einem Wasserhahn konnte man seinen Durst stillen.

Als Nächstes beschloss Kuro, Shino zu erklären, wie man jagte. War man imstande, Beute zu fangen, konnte man überall überleben. Außerdem war es aufregend und interessant. Es brachte einfach Spannung ins Leben.

»Shino, wart mal hier!«

Kuro sprang direkt vor ihr ins dichte Gras, fing eine Heuschrecke und kam damit zurück. Mit dieser Art von Beute zu beginnen, war wahrscheinlich am besten.

Er legte die Heuschrecke vor Shino ab.

»Oh, wie geschickt!«

Shino ließ die Heuschrecke, die er extra für sie gefangen hatte, wieder frei.

»So ein Weibsbild! Willst du überhaupt etwas lernen?«, kanzelte Kuro sie ab, aber da Shino ihm mit den Worten »Du bist ein toller Kerl!« den Rücken streichelte, war es ihm bald egal.

›Ist schon in Ordnung. Hauptsache, sie begreift es so nach und nach ...‹

Der Morgenspaziergang gehörte von nun an zu ihrem täglichen Programm.

Eines Tages entdeckte Kuro eine junge Frau, deren Duft er kannte.

»Guten Morgen, Aoi!«

Shino nannte diese Frau Aoi.

»Guten Morgen!«

Es war die Menschenfrau, bei der Cookie wohnte und die damals gekommen war, um sie abzuholen, als sie sich verlaufen hatte. Aoi machte diesmal einen gepflegteren Eindruck als damals. Auch ihre Gesichtsfarbe wirkte gesünder, sie war jetzt eine richtige Schönheit.

»Sind Sie auf dem Weg zur Arbeit?«

»Ja, heute ist der erste Tag.«

»Oh! Na, dann viel Erfolg!«

»Danke. Der Kater da, ist das Ihr Kater? Er sieht einem Kater, der manchmal zu mir kommt, sehr ähnlich.«

»Könnte man so sagen. Er bekommt Futter von mir.«

»Futter? Da hast du aber Glück gehabt!«

Mit diesen Worten hockte sich Aoi vor Kuro hin und zeigte ihm ihre Handflächen. Neugierig geworden, schnupperte Kuro unwillkürlich daran. Das war eine Falle. Aoi packte ihn, legte ihn im Handumdrehen auf den Rücken und streichelte seinen Bauch. Kuro wand sich und wollte fliehen, aber da das Kraulen so angenehm war, gab er schließlich seinen Widerstand auf.

›Du kennst dich aber gut mit Katzen aus … Ah, das tut gut!‹

»Geht es Cookie gut?«, fragte Kuro, aber für Aoi klang es nur wie »Miau, miau!«

»Ich habe auch eine Katze. Es ist noch ein Katzenkind, aber ... kürzlich ist es einfach ausgerissen. Es ist zu seiner Mutter gelaufen.«

»Oh, was für ein kluges Kätzchen!«

»Stimmt gar nicht! Ich habe Cookie zu ihrer Mutter gebracht!«, korrigierte Kuro.

Natürlich verstanden die beiden Menschen ihn nicht.

»Naja, schon gut.«

Nachdem sie sich von Aoi verabschiedet hatten, beschlossen Shino und Kuro, sich auf den Heimweg zu machen. Kuro wollte noch ein bisschen durch sein Revier streifen, aber Shino war offensichtlich schon müde.

Als sie zu Hause ankamen, hatte Kuro das Gefühl, dass jemand da war.

»Könnte es sein, dass ... war er etwa zurückgekommen?«

Entschlossen rannte Kuro los. Er spähte in die Hundehütte, aber da war kein John. Irgendjemand schlief auf der Veranda. Es war nicht John, sondern ein junger Mann. In einem abgetragenen Anzug, mit einem Plastikbeutel vom Supermarkt in der Hand und einem blassen Gesicht.

Es war zwar ein fremder Mann, doch fühlte Kuro sich nicht bedroht. Der Mann roch so ähnlich wie Shino.

»Ist es denn möglich ... Ryôta? ...«

Als Shino ihn so ansprach, öffnete der wie krank daliegende Mann die Augen. Ohne seine Position zu ändern, schloss er die Augen wieder halb und antwortete:

»Tante! Lange nicht gesehen ...«

»Ja, in der Tat! Was ist denn passiert?«

»Tante, ich habe eine Bitte. Wenn ein Anruf kommt, bitte sag niemandem, dass ich da bin! Und vor allem: bitte kein Wort zu meinem Vater!«, bat Ryôta inständig in einem Tonfall, als wäre er in größter Not.

»Du hast bestimmt gute Gründe. Einverstanden!«

Shino hieß den unerwarteten Gast herzlich willkommen.

3

Ich hatte weder Ambitionen noch hochfliegende Träume, sondern wollte einfach nur ein ganz normales Leben führen.

Besondere Talente hatte ich nicht vorzuweisen. Dafür litt ich aber auch unter keinen besonderen Sorgen. Meine schulischen Leistungen waren zwar nicht besonders gut, aber auch nicht so schlecht, dass ich befürchten musste, bei Prüfungen durchzufallen. Ich tat weder etwas so Herausragendes, dass ich dafür hätte öffentlich ausgezeichnet und von allen gelobt werden können, noch benahm ich mich so schlecht, dass ich von meinem Vater verprügelt worden wäre.

In der Mittel- und Oberstufe betrieb ich Leichtathletik, und obgleich ich mehrfach für Wettkämpfe ausgewählt wurde, vollbrachte ich doch keine nennenswerten Leistungen, weshalb ich nie über die Präfekturmeisterschaften hinauskam. Ich hatte auch keine Krankheiten oder schwere

Wunden, wegen derer ich ins Krankenhaus gemusst hätte, und es passierte in meinem Leben auch nichts Außergewöhnliches wie zum Beispiel, dass meine Eltern sich hätten scheiden lassen, ich Riesenschulden gemacht oder ein enger Freund sich das Leben genommen hätte.

Ich lebte ganz durchschnittlich und nahm wie alle in meinem Umfeld an den Aufnahmeprüfungen für die Universität teil, und schließlich begann ich in meiner Region ein Studium. So verbrachte ich meine Tage, aber als es dann darum ging, ins Berufsleben einzusteigen, fand ich nirgendwo eine Stelle. Da merkte ich zum ersten Mal, dass die Gesellschaft mich gar nicht brauchte.

Ich verstand nicht, was schiefgelaufen war. Ich hatte doch genauso gelebt wie alle anderen in meiner Umgebung auch.

Es kam mir so vor, als sei die Leiter, die ich hinaufgeklettert war, entfernt worden und als hinge ich nun in der Luft.

Ein ganz normales Leben, wie ich es mir vorgestellt hatte, schien irgendwie nur Typen, die etwas konnten oder besondere Talente aufzuweisen hatten, vorbehalten zu sein.

War es etwa falsch gewesen, zu glauben, eines Tages auf eigenen Füßen stehen zu können, wenn ich einfach nur das tat, was alle taten? Alle möglichen Leute machten alle möglichen Bemerkungen über unsere Generation, über die Konjunktur, darüber, dass junge Menschen nicht so wählerisch bei der Arbeitssuche sein sollten und so weiter. Wenn ich auf die schlechte Welt geschimpft hätte, wäre mir vielleicht etwas leichter ums Herz gewesen, aber mein Problem hätte es nicht gelöst.

Als ich weder aus noch ein wusste, fand mein Vater eine Stelle für mich, die ich im Herbst antreten konnte. Damit gehörte ich zu den wenigen Universitätsabsolventen, die nicht schon im April, sondern verspätet eine Arbeitsstelle antraten. Da ich nicht gewusst hatte, dass mein Vater über Beziehungen verfügte, war ich überrascht, doch stürzte ich mich dankbar in die Arbeit.

Es war eine IT-Firma. Zwar verfügte ich über keinerlei Erfahrungen, was Programmieren oder Computer im Allgemeinen anbetraf, aber ich war zu allem bereit.

Doch was ich in der Schulung für die neuen Mitarbeiter als Erstes tun musste, waren weder Programmieren noch andere Arbeiten am Computer. Stattdessen mussten wir tiefe Löcher graben. Gemeinsam hoben wir Neulinge Gruben aus, die so tief waren, dass sie meine Körpergröße überstiegen. Dabei wurden wir die ganze Zeit brutal angeschrien. Bald bildeten sich an unseren Handflächen Blasen, doch schaufelten wir weiter, bis sie aufplatzten und wir es endlich geschafft hatten: Eine riesige Grube war ausgehoben.

»Gut gemacht!« Als wir von unserem Chef dafür gelobt wurden, standen wir mit unseren geschundenen Körpern da und uns liefen die Tränen übers Gesicht. Das war ein Erfolgserlebnis, wie ich es noch nie gehabt hatte. Ich fühlte mich von dieser Firma anerkannt. Später erfuhr ich, dass sie das immer so machen – es war ein alter Trick.

Danach vertiefte ich mich begeistert in meine Arbeit. Nach dem Minimum an Ausbildung war das Projekt, das mir schließlich zugewiesen worden war, von Anfang an zum Scheitern verurteilt. Erschöpfter noch als nach dem Ausheben der Gruben arbeitete ich jedoch immer weiter.

Es war eine Firma, in der es mehr auf das Engagement als auf das Können ankam. Wenn man sich nur laut genug zu Wort meldete, kam man auch ohne viel Geschick irgendwie klar.

Schließlich konnte ich nach der Arbeit nicht einmal mehr nach Hause zurückkehren und musste in einem Hotel in der Nähe des Kunden übernachten, und das monatelang. Dann kam der Tag, an dem ich nicht einmal mehr ins Hotel zurückkehren konnte.

In der Teeküche der Firma, in der ich arbeitete, versuchte ich, mir Instant-Cup-Nudeln zuzubereiten, die ich wie immer auf Vorrat gekauft hatte, als ich feststellte, dass ich nicht mehr wusste, wie man sie zubereitete.

Ich verstand nicht einmal, was auf der Packung stand.

In welcher Reihenfolge ich nun die vielen Tütchen mit dem Suppenpulver, den Gewürzen und all den anderen Zutaten öffnen sollte und wie ich sie in die Tasse geben sollte, war mir ein Buch mit sieben Siegeln.

Wie oft ich die Beschreibung auch las, ich konnte sie einfach nicht mehr verstehen.

Als mir das plötzlich klarwurde, lief mir ein eiskalter Schauer über den Rücken.

Ich stand kurz vor dem Zusammenbruch. Ich legte die angebrochene Packung Instant-Cup-Nudeln neben den Wasserkocher in der nur schwach beleuchteten Teeküche und verließ das Haus über die Nottreppe, damit niemand mich sah.

Meine Armbanduhr zeigte sechs Uhr, aber alles

um mich herum sah irrwitzig gelb aus, was möglicherweise daran lag, dass ich so lange ununterbrochen auf den Bildschirm gestarrt hatte. Nur wenige Leute waren im Büroviertel unterwegs, weshalb ich das Gefühl hatte, mich in eine andere Welt verirrt zu haben.

Als ich am Bahnhof ankam, begriff ich endlich, dass es nicht sechs Uhr abends, sondern sechs Uhr morgens war.

Ich stieg in die erstbeste Bahn, setzte mich auf einen freien Platz und schlief ein. Mein Handy hatte ich irgendwo liegen gelassen. Wahrscheinlich hatte ich mich unbewusst davon trennen wollen.

Als viele Menschen einstiegen, wachte ich auf. Ich stellte fest, dass ich genau hier umsteigen und zum Haus meiner Tante fahren konnte.

Ich hatte sie schon seit Jahren nicht mehr gesehen, aber früher hatte sie sich sehr liebevoll um mich gekümmert. Ich wollte sie einfach wiedersehen. Sie würde mich so akzeptieren, wie ich war.

*

Ryôta schlief den ganzen Vormittag und auch über Mittag immer weiter.

232

Ganz wie eine Katze, dachte Kuro.

»Das ist mein Neffe«, stellte Shino ihm Ryôta vor. Er sei der Sohn ihres Bruders Tasuke.

Von diesem Tag an kochte Shino für zwei (und bereitete zusätzlich auch noch Kuros Futter zu) und bewegte Ryôta, der eigentlich sofort wieder abreisen wollte, zum Bleiben.

»Da ich gezwungen war, über die Beziehungen meines Vaters in dieser Firma zu arbeiten, habe ich durch mein Weglaufen Schande über meinen Vater und mich gebracht und kann nun nicht mehr nach Hause zurück.«

Stockend schilderte Ryôta, was ihm widerfahren war, und Shino geriet in Wut: »Was gibt es nur für schreckliche Firmen!« Das, was Ryôta erzählt hatte, überstieg Kuros Vorstellungsvermögen, aber dass Shinos Neffe einem ganz furchtbaren Ort entronnen war, so viel verstand er.

»Du kannst so lange hierbleiben, wie du möchtest.«

Ganz langsam erholte sich Ryôta. Shino freute sich, doch Kuro fand ihn lästig.

Du lieber Himmel! Wenn es ihm wieder besser ging, gab es einen Menschen mehr, um den sich Shino kümmern musste.

Ryôta versuchte, Kuro mit einem Faden zu locken. Der aber fand dieses Verhalten schlicht und ergreifend unhöflich und entriss Ryôta kurzerhand den Faden, um ihm zu zeigen, wer schon länger hier wohnte und daher Herr im Haus war.

Es lag wohl in Shinos Natur, sich um das Wohl anderer zu kümmern. Kuro kam es so vor, als ginge es ihr viel besser als vorher.

Den ganzen Sommer dauerte es, bis Ryôta so weit wiederhergestellt war, dass er aus dem Haus gehen und bei der Hausarbeit helfen konnte.

Als er sah, wie Kuro herangeschlendert kam und dann sein Futter verspeiste, lächelte er mit zusammengekniffenen Augen.

»Du hast es gut. Du bist frei!«

»Ihr Menschen seid doch viel freier, oder?«

Anders als die Katzen konnten sie alles essen und überallhin gehen.

Jedes Mal, wenn Ryôta versuchte, sich um Kuro zu bemühen, schlug dieser mit der Pfote nach ihm, aber Ryôta lernte nichts daraus. Immer wieder versuchte er, Kuro zu fangen und ihn zu streicheln.

Als Kuro einmal wieder aus Ryôtas Armen floh, tauchte Chobi auf.

»Dabei ist es so angenehm, von Menschen gestreichelt zu werden!«, erklärte er.

»Na dann lass du dich doch streicheln!«

Dennoch ließ Chobi sich von niemandem anderen streicheln als von der Menschenfrau, bei der er wohnte.

»Er ist sehr ernst«, befand Chobi über Ryôta.

An diesem Tag jätete Ryôta, von Shino darum gebeten, Unkraut im Garten. Überall lagen Haufen herausgerissener Pflanzen.

»Selbst der dümmste Kerl hat irgendwelche Stärken.«

Kuro und Chobi saßen nebeneinander und sahen Ryôta bei der Arbeit zu.

»Menschen, die zu ernsthaft sind, können niemals einem anderen die Schuld geben, weshalb sie sich mit Selbstvorwürfen martern und sich quälen.«

›Als Kater ist Chobi ein Feigling, aber er weiß eine Menge über die Menschen‹, sinnierte Kuro und stellte fest:

»Der da leidet.«

Plötzlich hielt er inne.

»Ist deine Menschenfrau etwa auch so?«

»Ja. Sie ist ihm sehr ähnlich«, erklärte Chobi leicht traurig.

*

Shino erlebte, dass es sie wider Erwarten mit Freude erfüllte, jemandem etwas beizubringen.

Bis dahin hatte sie nie Gelegenheit dazu gehabt und war auch nie darum gebeten worden.

Auch wenn es nur Hausarbeit war, wuchs Ryôta an seinen Aufgaben, und das zu sehen, machte sie glücklich.

Hätte sie einen Sohn gehabt, wäre es vielleicht auch so gewesen. Genau bedacht, war ihr alltägliches Leben jetzt spannender und lebendiger.

Anfangs hatte Ryôta von Hausarbeit so gut wie keine Ahnung gehabt. Geduldig hatte sie ihm beigebracht, wie man Reis kochte oder wie man eine Glastür putzte.

Für sie war er ein Schüler, der es wert war, unterrichtet zu werden.

Nach drei Monaten hatten beide ihre Zurückhaltung verloren und konnten sogar miteinander scherzen.

Wie schön es doch war, gemeinsam mit einer anderen Person am Esstisch zu sitzen und sich einfach zu erzählen, was man alles an diesem Tag erlebt hatte! Lange schon hatte sie so etwas nicht mehr erlebt und völlig vergessen, dass es dies gab.

Schließlich passierte eines Tages das, was sie befürchtet hatten.

Am frühen Morgen schrillte die Türklingel. Immer wieder drückte jemand mit Nachdruck auf den Knopf.

»Ryôta! Ich weiß, dass du hier bist!«

Es war die Stimme von Shinos Bruder Tasuke.

»Mein Vater …«

Ryôtas Hand, mit der er gerade sein Frühstück zubereitete, hielt inne. Er wurde blass.

»Mach dir keine Sorgen! Wir schaffen das!«

Shino holte tief Luft und stellte den Herd aus. Kuro, der in die Küche gekommen war und auf sein Frühstück wartete, erhob sich langsam. Er und Shino sahen sich an.

»Na los, packen wir es an!«

So deutete sie Kuros Miene.

Der Kampf begann.

Hinter der Glastür des Hauseingangs waren die Schatten mehrerer Personen zu sehen.

Was sollte das denn?! Kamen da etwa mehrere erwachsene Männer, um eine einzelne alte Frau zu bedrohen?!

Die Gefühle, die in Shino hochkochten, überstiegen diejenigen bei weitem, die sie durchlebt hatte, als ihr Mann sie verlassen hatte. Sie war fürchterlich aufgebracht. Ihre Wut schien sich auf Kuro übertragen zu haben, denn er richtete seinen gesträubten Schwanz auf.

›Genau, Kuro, wir müssen kämpfen und unser Revier schützen!‹

»Ryôta! Komm raus!«

Wie wild hämmerte Tasuke gegen die Tür. Ohne sich davon einschüchtern zu lassen, öffnete Shino. Dort stand Tasuke, begleitet von Männern in schwarzen Anzügen.

»Tasuke, lange nicht gesehen.«

Shinos Stimme war leise und ruhig.

»Shino! Wo ist Ryôta?«

»Ich bitte dich, geh wieder!«

Kaum hatte Tasuke das vernommen, änderte sich sein Gesichtsausdruck.

»Vergiss es! Rück meinen Sohn heraus!«

»Du hast wohl immer noch keinen Anstand?«

»Papa, hör auf!«

Ryôta kam heraus.

›Wenn du jetzt rauskommst, war doch die ganze Mühe vergebens …‹, dachte Shino.

Tasuke, der seinen Sohn lange Zeit nicht gesehen hatte, kam in Fahrt.

»Ryôta! Wie kannst du es wagen, meine Ehre in den Dreck zu ziehen?!«

»Uh …«

Obwohl Ryôta beherzt herausgetreten war, verließ ihn beim Anblick seines Vaters der Mut.

»Die Ehre des Vaters oder das Leben des Sohnes – was ist denn wichtiger?«

Shinos Stimme blieb ruhig.

»Schwing nicht so große Reden!«

Tasuke versuchte nicht einmal, seinen Ärger zu verbergen.

»Was meinst du mit ›große Reden‹?«

Shino holte tief Luft und fixierte ihren Bruder.

»Bitte geh!«

Nach dieser Abfuhr tauchte in seinen Augen ein Ausdruck von Ratlosigkeit und Verwirrung auf. Es war schon sehr lange her, dass Shino ihr Elternhaus verlassen hatte. Längst war sie nicht mehr die schwache und unentschlossene kleine Schwester, die er kannte.

Tasukes Begleiter packten Shino am Arm.

Da hörten alle ein Grollen, das aus den Tiefen der Erde zu kommen schien.

»Grrrrrr!«

Kuro drohte. Es war ein wildes Knurren, eine Kampfansage, die durch Mark und Bein drang.

Überrascht wichen Tasuke und die Männer in den schwarzen Anzügen zurück.

»Das ist ja lachhaft.«

Die Hände der Männer abschüttelnd, fuhr Shino fort:

»Dass eine versammelte Mannschaft erwachsener Männer vor einer einzigen Katze Angst hat!«

Tasuke war sichtlich fassungslos.

»… was hast du mit meinem Sohn vor?«

»Nichts. Ich warte ab. Nichts weiter.«

Shino und Tasuke starrten sich an. Es war Tasuke, der seinen Blick zuerst abwandte.

»Ich komme wieder.«

»Das nächste Mal rufe ich die Polizei!«, rief Shino ihm nach, als er und seine Männer abzogen.

Ryôta verneigte sich vor ihr:

»Tante, ich … danke!«

Seine Stimme klang so, als würde er gleich zu weinen anfangen.

Kuro verpasste ihm einen kräftigen Schlag.

Reiß dich zusammen!, schien er damit sagen zu wollen.

»Kommt, lasst uns frühstücken!«, sagte Shino bemüht fröhlich und öffnete dann ganz langsam ihre Fäuste. Sie waren so fest zusammengeballt gewesen, dass sie ganz weiß geworden waren.

4

Die Jahreszeit wechselte, es wurde Winter.

Kuro wachte früher auf als sonst.

Er kletterte über den Bauch der schlafenden Shino und machte sich auf den Weg zur Toilette.

Shino stöhnte im Schlaf.

Die zarte Dämmerung vor Tagesanbruch war optimal, um auf die Jagd zu gehen, doch bei dieser Kälte konnte Kuro sich einfach nicht dazu durchringen.

Im Waschraum, wo das Katzenklo stand, war es kalt, aber verglichen mit draußen definitiv angenehmer. Als Kuro sich bei diesen Gedanken ertappte, schüttelte er den Kopf.

Du lieber Himmel, das ging ja gar nicht! Nun dachte er schon ganz und gar wie eine Hauskatze! Und schlief unter einer Decke! Aber nur im Winter …

Während die winterliche Kälte anhielt, wohnte

Kuro im Haus bei Shino. Sie hatte nun zwei Mitbewohner und daher stets alle Hände voll zu tun.

Sie wollte Kuro unbedingt waschen, er riss jedoch immer wieder aus. Aber schließlich überlistete sie ihn, indem sie ihn hinterhältig kurz nach dem Einschlafen packte und ins heiße Wasser warf. Nun ja, wenn man sich einmal daran gewöhnt hatte, ins heiße Wasser einzutauchen, war es an und für sich ein sehr angenehmer Brauch. Dieses Privileg den Menschen zu überlassen, wäre doch schade.

Er verrichtete seine Notdurft und scharrte mit den Hinterpfoten im weißen Katzensand. So eine Katzentoilette war auch eine recht komfortable Einrichtung.

Aus der Küche drang Licht. In letzter Zeit hatte Ryôta die Aufgabe übernommen, das Frühstück zuzubereiten. Anfangs war es immer total versalzen und eine Katastrophe gewesen, aber in den letzten Tagen war es … naja, etwas besser geworden.

Shino sagte immer, sie könnte nicht glücklicher sein als jetzt, da sie vom Frühaufstehen befreit war.

Als Kuro an seinen Schlafplatz zurückkehren

wollte, hatte er plötzlich das Gefühl, als sei jemand Vertrautes in seiner Nähe.

Dieses Gefühl kannte er, ganz sicher, er erinnerte sich.

»John!«

Der altvertraute Name entschlüpfte ihm.

Er hatte in letzter Zeit nur noch selten an John gedacht. Wie treulos!

»John!«, maunzte Kuro ganz laut.

Er schlüpfte durch die Katzenklappe nach draußen. Ohne sich von der schneidenden Kälte des Wintermorgens abschrecken zu lassen, rannte er im Freien herum.

Die Wolken hingen tief. Zarte weiße Flocken tanzten herab.

Es schneite.

Da fiel ihm ein, dass John Schnee geliebt hatte.

»John! Bist du da?!«

Kuro rief nach John und rannte durch den Garten.

»Was ist denn los, Kuro? Es ist doch kalt draußen!«

Ryôta, der sich warm angezogen hatte, kam aus der Küche.

»Guck mal, Ryôta!«

Kuro schaute zum Himmel.

»Oh, es schneit!«

Auch Ryôta blickte nach oben.

»An einem solchen Tag kommt er vielleicht nach Hause zurück.«

Kuro sauste los.

»Hey, wo willst du denn hin? Du hast doch noch gar nichts gefressen!«

Wild entschlossen rannte Kuro durch die klare Morgenluft. Inzwischen waren die herabfallenden Schneeflocken größer geworden.

»Kuro, so warte doch!«

Der Kater hörte laut stapfende Schritte hinter sich und begriff, dass Ryôta ihm folgte.

»Komm mit, Ryôta! Vielleicht geht ja ein Wunsch in Erfüllung!«

Ohne auf Reviergrenzen zu achten, lief Kuro entschlossen immer weiter. Er eilte einen ansteigenden Weg hinauf und sprang von einer Leitplanke auf eine Mauer. Von dort ging es über einen Verkaufsautomaten auf eine weitere Mauer. Immer höher, immer weiter. Ob das hier noch sein Revier war, spielte längst keine Rolle mehr.

Es kam ihm so vor, als riefe John nach ihm.

Starker Wind trieb Schnee herbei.

Kuro flitzte mit seinen vier Pfoten über den Asphalt.

»John!«

Eine weitere Katze kam hinter Kuro den Hügel herauf und rief ebenfalls nach John. Es war Chobi.

»Chobi!«

Nun rannten Kuro und Chobi nebeneinanderher. Die erste Hochbahn fuhr gerade los. Von der Hochtrasse klang ihr Rattern herüber.

Das spornte Chobi und Kuro an, und Seite an Seite liefen sie immer weiter. Ihr Ziel war der Gipfel des Hügels.

Das Holzhaus, in dem Mimi wohnte, kam in Sicht. Im Zimmer von Reina und Mimi brannte Licht. Reina hatte wahrscheinlich wieder die ganze Nacht gemalt.

Kuro und Chobi folgten dem Schnee nun bergab. Sie durchquerten das Gelände eines shintoistischen Schreins und bogen in eine Straße mit Fertighäusern ein. Immer weiter, immer weiter.

Sie kamen an dem Haus vorbei, in dem Cookie und Aois Familie lebten. Es hatte einen neuen Briefkasten. Das Bild einer Katze mit marmoriertem Fell klebte darauf. Sie sah aus wie Cookie.

»Ein Bild von Cookie!«, rief Chobi. Das war so offensichtlich, dass es keiner weiteren Erklärung bedurfte.

Kuro und Chobi rannten weiter. Sie hatten das Gefühl, John immer näher zu kommen. Eine steile Treppe, die einen kleinen Hügel hinaufführte, kam in Sicht.

»Da wollen wir hoch?!«, erklang hinter ihnen die jammernde Stimme Ryôtas.

»John!«, rief Kuro.

»Wir sind ihm schon ganz nah!«

Auch Chobi spürte es. Zielstrebig erklommen sie die Treppe, bis sie schließlich am höchsten Punkt der Stadt ankamen. An einer kleinen Bank in einem kleinen Park oben auf dem Hügel.

Die Schneeflocken wurden immer größer und zahlreicher.

Kuro und Chobi konnten die Bahn vorbeifahren sehen.

»Dieser Schnee bleibt bestimmt liegen …«

»Ja.«

Seite an Seite standen Chobi und Kuro und beobachteten die Bahn. Unter ihnen breitete sich die endlich aus dem Schlaf erwachende Stadt aus. Ihr Herzschlag setzte ein.

Nach Atem ringend holte Ryôta sie ein.

»Kuro … wo rennt ihr denn hin?«

Er war völlig außer Atem. Trotz seiner Jugend war er extrem unsportlich.

Chobi blickte in die entgegengesetzte Richtung. Die Schritte einer Frau waren zu hören.

»Chobi!«

Eine kurzhaarige Frau in einem dicken Mantel erschien. ›Darin sieht sie so pummelig aus wie eine große Katze‹, fand Kuro.

»Das ist meine Geliebte!«, erklärte Chobi stolz.

Als sie Ryôta erblickte, zeigte sich Überraschung auf ihrem Gesicht. Sie hatte wohl nicht damit gerechnet, hier noch anderen Menschen zu begegnen.

»Ähm … der Kater hier gehört zu mir.«

Auch Ryôta war verwirrt.

»Ich gehöre zu Shino, ich bin ihr Kater! Und nicht deiner!«, beschwerte sich Kuro, aber Ryôta ließ sich auf keinen Streit ein. Er hatte nur Augen für die Menschenfrau, bei der Chobi lebte.

Sie streckte ihre Hände nach Chobi aus. Offenbar an sie gewöhnt, sprang er auf ihren Arm.

»Ich war so erschrocken, als Chobi plötzlich davonlief.«

»Mir ging es ganz genauso, als Kuro …«

Ryôta lachte verlegen. Beide sahen sich an.

»In diesem Winter ist das der erste Schnee«, sagte schließlich die Frau, und mit einem glücklichen Lächeln stimmte Ryôta ihr zu.

Plötzlich merkte Kuro, dass er Johns Anwesenheit nicht mehr spürte.

Er schauderte.

»Kuro, mein Wunsch ist vielleicht in Erfüllung gegangen.«

»Was sagst du da?«

Das Gesicht der Frau, zu der Chobi aufblickte, leuchtete.

Ihre Miene erinnerte Kuro irgendwie an Shinos Gesichtsausdruck in der letzten Zeit.

Da merkte auch Kuro:

›Ach ja, auch mein Wunsch hat sich längst erfüllt!‹

Zugleich begriff er, dass er John nie wiedersehen würde.

›Danke, mein Freund‹, flüsterte Kuro in Richtung der Schneewolken.

Epilog

Der lange, lange Winter ging zu Ende, und die Kirschblütenzeit war wieder angebrochen.

Mit Chobi im Käfig unter dem Arm ging ich unter den blühenden Kirschbäumen am Flussufer entlang. Die zartrosa Blütenblätter verwandelten die Luft in einen zarten Nebel.

Die überall tanzenden Kirschblüten zeigten mir die sonst unsichtbaren Bewegungen der Luft.

»Die Gefühle der Menschen sind für das Auge unsichtbar. Da kann man nichts machen.«

Das hatte einmal der Mensch, der nun neben mir ging, zu mir gesagt. Dieser eine Satz hatte dafür gesorgt, dass ich mich jetzt viel besser fühlte.

Bis dahin war ich tief davon überzeugt gewesen, dass ich selbst daran schuld war, wenn ich die Gefühle anderer Menschen nicht verstand. Ich verletzte Menschen in meinem Umfeld, weil ich Dinge, die für alle anderen sichtbar waren, nicht sah.

Ich wusste ja nicht einmal, was ich selbst fühlte. Jener Gedanke, dass ich etwas bemerkt hatte, aber so getan hatte, als hätte ich nichts bemerkt, stimmte gar nicht und war nur meiner übermäßigen Grübelei entsprungen.

Es gab einen Menschen, der mir das sagte.

Dank Chobi hatte ich ihn kennengelernt.

Der Gegenwind blies die Kirschblütenblätter zu uns.

»Wie schön, oder, Chobi?«

Als ich den Kater in seinem Käfig ansprach, schnurrte er.

Seit ich an jenem Morgen im verschneiten Park diesem Menschen zum ersten Mal begegnet war, hatten wir uns hin und wieder getroffen und miteinander unterhalten.

Ich dachte, es wäre schön, wenn wir uns langsam immer besser kennenlernen könnten.

An jenem Regentag vor langer Zeit hatte ich selbstgerecht geglaubt, ich hätte Chobi gerettet.

Eigentlich aber war ich die Gerettete.

*

»Hey, Mimi, komm runter!«, rief Masato Mimi zu, die mit gesträubtem Fell oben auf dem Bücherregal hockte.

Ihre Beinverletzung war verheilt, und sie konnte wieder überall herumflitzen.

»Spiel nicht mit der Katze, sondern hilf mir lieber, mit dem Packen fertig zu werden!«

Ich war gerade dabei, das Geschirr in Zeitungspapier einzuwickeln.

»Hör mal, Reina! Eigentlich bin ich der Ältere …«

Dennoch begann Masato pflichtbewusst, die Zeitschriften mit Schnüren zu bündeln.

Die Aufnahmeprüfung hatte ich irgendwie geschafft und war ein Jahr später als Masato an derselben Kunsthochschule immatrikuliert worden.

Da ich beschlossen hatte, wieder in meinem Elternhaus zu wohnen, zog ich aus dem Mehrfamilienhaus aus.

»Interessant, solche Mangas liest du also. Das hätte ich nicht gedacht«, bemerkte Masato, während er in einer Zeitschrift mit Vier-Panel-Comics blätterte.

»Die hat eine Freundin von mir gezeichnet.«

»Du bist mit einer professionellen Manga-Künstlerin befreundet? Cool!«

Die Rede war von Aoi, bei der Cookie lebte. Neben ihrer Arbeit hatte sie in letzter Zeit begonnen, Serien von Vier-Panel-Comics zu zeichnen. Seit sie mit Cookie zu uns gekommen war, um die kranke Mimi zu besuchen, hatten wir uns angefreundet. Hin und wieder besuchte sie mich zusammen mit Cookie, die nun auch schon über ein Jahr alt und eine richtige Dame geworden war.

Durch das offene Fenster wehte der Wind Kirschblütenblätter herein.

Irgendwie erfüllten mich zarte Gefühle.

Ich war auf dem Weg in eine neue Welt.

*

Ich saß neben ihr in ihrem Zimmer und betrachtete den azurblauen Himmel.

Der Wind sang, und hauchdünne Wolken zogen mit unglaublicher Geschwindigkeit über uns vorüber.

Ihre zarten Fingerspitzen berührten mein Fell.

»Hör mal, Chobi ...«, sagte sie.

»Was ist denn?«, fragte ich zurück.

Sie sagte kein Wort mehr, doch ich verstand, was sie fühlte.

Denn wir fühlten dasselbe.

Ich liebe diese Welt.

Das wurde mir in diesem Moment ganz klar.

Plötzlich lächelte sie. Ich schaute hinauf in ihr lächelndes Gesicht, das zu leuchten schien.

Sie hatte meine Gedanken verstanden.

Bestimmt liebt auch sie diese Welt, dachte ich.